LE CLUB

DES

PICKWISTES.

IMPRIMERIE DE MADAME HUZARD (NÉE VALLAT LA CHAPELLE),

RUE DE L'ÉPERON, 7.

LE CLUB

DES

PICKWISTES

Roman comique,

PAR CHARLES DICKENS,

TRADUIT LIBREMENT DE L'ANGLAIS

PAR MADAME EUGÉNIE NIBOYET.

II

PARIS,

CHARPENTIER, LIBRAIRE ÉDITEUR

6, RUE DES BEAUX ARTS

—

1838

CHAPITRE PREMIER.

« Eh bien ! Samuel, » dit Pickwick à son bien-aimé valet, qui lui apportait de l'eau chaude de bonne heure le jour de Noël ; « gèle-t-il toujours ?

— Oui, monsieur, l'eau de votre cuvette est prise comme un fromage.

— C'est un temps rigoureux.

— Bon pour les gens bien couverts.

— Samuel, je descendrai dans un quart d'heure.

— Très bien; vous trouverez là bas deux scieurs d'os.

— Deux quoi?

— Deux scieurs d'os, ou, si vous l'aimez mieux, deux chirurgiens.

— Ah! ah! j'en suis enchanté, ce sont ordinairement des hommes de talent qui ont mûri leur jugement par l'observation, et épuré leur goût par l'étude.

— Ceux-ci font encore partie de ce qu'on nomme les étudiants.

— Bien, bien.

— Dans ce moment ils fument un cigare près du feu de la cuisine.

— C'est ce que j'aime.

— L'un deux a étendu ses jambes sur la table et boit de l'eau de vie comme un homme qui s'y entend; l'autre, qui porte des besicles, a entre les jambes une bourriche d'hui-

— 3 —

tres, et il les ouvre si vite, qu'on dirait que
son couteau travaille à la vapeur. Ce qu'il y a
d'amusant, c'est qu'il vise, avec les coquilles,
à ce léthargique de Joseph , endormi dans le
coin de la cheminée.

— C'est le passe-temps du génie! Maintenant, Samuel, vous pouvez vous retirer. »

Samuel sortit, et un quart d'heure après,
Pickwick descendit dans la salle à manger.

— Enfin, le voilà ! » s'écria M. Wardle en
l'apercevant. « Mon ami , je vous présente le
frère de miss Allen : nous l'appelons sans fa-
çon Benjamin, et vous pouvez prendre la
même liberté. Monsieur est son intime ami ; il
se nomme...

— Robert Sawyer, » répondit Benjamin.

Pickwick salua Robert, Robert salua Pickwick ; après quoi, les deux étudiants s'adres-
sèrent au déjeûner, tandis que le judicieux
clubiste les observait attentivement.

Benjamin Allen était un jeune homme petit
et lourd, ayant la figure longue et les cheveux

courts. Il portait un justaucorps qui l'empaquetait comme un enfant; une cravate blanche sans col de chemise, un pantalon couleur de poivre, des bottes sales et des poignets sans manchettes; ajoutez à cela une paire de besicles, et vous trouverez qu'au total ce ga — çon n'était pas ce que la fashion a de mieux.

Quant à Robert Sawyer, il avait un vêtement de gros drap bleu, qui tenait le milieu entre la redingote et l'habit, sans être habit ni redingote. Sa démarche indolente et balancée le rendait assez semblable à ces jeunes gens qui fument le jour dans les rues, font du tapage la nuit, appellent les garçons de café par leur nom, et sont désignés sous l'épithète flatteuse de *mauvais sujets.*

« Voilà une belle matinée, » dit Pickwick, pour entrer en conversation.

Robert répondit par un signe de tête et demanda la moutarde à son ami.

« Venez-vous de loin, ce matin?

— De Muggleton.

—Vous auriez dû nous arriver hier au soir.

— C'est vrai ; mais l'eau de vie était bonne à Muggleton, sans compter les cigares et les côtelettes. »

Et les deux étudiants se mirent à manger comme si le souvenir du souper de la veille eût servi de stimulant à leur appétit.

« Il n'y a rien comme la dissection pour exciter l'appétit, » dit Robert.

Pickwick eut le frisson.

« A propos, avez-vous fini la jambe en question ? » demanda Benjamin à son ami.

« A peu près.

— Je me suis fait inscrire pour un bras. Il faut que vous sachiez, messieurs, que nous nous mettons plusieurs pour acheter un sujet ; dans ce moment, nous n'avons plus que la tête à placer. Vous devriez la prendre, Robert.

— Je ne peux pas me permettre cette dépense.

— Allons donc.

— Non, en vérité, un crâne, je ne dis pas, mais une tête entière, c'est impossible.

— Chut! chut! voilà ces dames. »

Elles entrèrent, en effet, avec Snodgrass, Winkle et Tupman, qui les avaient accompagnées dans leur promenade du matin.

« Vous voilà, Benjamin? » dit miss Arabelle Allen à son frère.

« Oui, je viens vous chercher; nous partirons demain. »

Winkle pâlit.

L'arrivée des deux étudiants, l'embarras de Winkle et de miss Arabelle eussent infailliblement nui à la gaîté générale sans les efforts que MM. Pickwick et Wardle firent pour la maintenir. Petit à petit, Winkle s'insinua dans les bonnes grâces de Benjamin, et finit même par entrer en conversation avec Robert qui, excité par l'eau de vie et le déjeûner, démontra, à la satisfaction générale, au moyen d'un couteau et d'un morceau de pain, comment il avait enlevé une tumeur d'un cerveau.

Après le déjeûner, et vu la solennité du jour, toute la société se rendit à l'église. Benjamin ne tarda pas à s'y endormir d'un profond sommeil; quant à Robert, pour chasser toute pensée mondaine, il écrivit son nom sur le banc en lettres longues d'un pouce.

Revenus de l'église, on se mit à table pour le second déjeûner, et, après l'avoir terminé, M. Wardle proposa à ses hôtes de faire une partie de patins.

« Vous patinez, cela va sans dire, Winkle?

— Mais... je... ou... oui... un peu, cependant j'en aurai perdu l'habitude; et puis où trouver des patins?

— Nous en avons à vous offrir au choix, ainsi soyez tranquille. »

On partit; et bientôt, M. Winkle, Benjamin et Robert eurent montré leur savoir-faire à ces dames qui, ainsi que Pickwick, restèrent en admiration en leur voyant danser un réel écossais. Pendant ce temps, le pauvre Winkle, la figure violette de froid, essayait, à grand'-

peine, de mettre ses patins. Snodgrass, qui s'entendait à cette affaire aussi bien qu'un Indou, l'aidait de son mieux, ce qui ne les empêcha pas de placer la pointe du patin derrière, et d'embrouiller toutes les courroies. Samuel vint à leur secours; et quand le pied fut solidement fixé :

« Allons, monsieur, » dit le valet, « lancez-vous. »

Winkle se leva, et saisissant le bras du domestique avec la force d'un homme qui se noie, s'écria :

« Attendez, Samuel, c'est très glissant.

— De la glace, il n'y a rien d'étonnant; tenez-vous bien. »

Samuel fit cette recommandation à Winkle, jugeant bien, à ses mouvements, qu'il était plus enclin à frapper la glace de la tête que du pied.

« Ces patins me semblent bien incommodes, » reprit Winkle.

« Heu ! » pensa tout bas le critique valet,

« je crois plutôt que celui qui les porte est un maladroit.

— Samuel, j'ai chez moi deux habits qui ne me servent plus, je vous les donnerai.

— Merci, monsieur.

— Je voulais, ce matin, vous remettre trois schellings pour vos étrennes ; vous les aurez en rentrant.

— Bien obligé.

— Tenez-moi pour commencer, j'aurai bientôt pris l'habitude ; là, pas trop vite. »

Et Winkle, plié en deux, était traîné par Samuel ; mais le malheur voulut que Pickwick, ignorant ce qui se passait, appelât son domestique qui, se débarrassant vivement du patineur, l'envoya tomber sur Robert Sawyer au moment où celui-ci faisait un dehors superbe.

« Vous êtes-vous fait mal ? » demanda Benjamin à Winkle.

« Pas beaucoup. »

Il était plus mort que vif.

« Vous devriez me laisser vous saigner ?

— Non pas, non pas, merci.

— Ce serait prudent; qu'en pensez-vous, monsieur Pickwick ? »

Le savant était indigné; il ordonna à Samuel d'ôter les patins au maladroit qui en faisait un si mauvais usage.

Tandis qu'on patinait, Samuel et Joseph glissaient. C'était plaisir de voir le premier se tenir sur un pied et frapper la glace de l'autre avec une vivacité qu'il mettait à toutes choses. Il appelait cela, selon l'expression commune, *frapper à la porte du savetier*. Pickwick regardait son domestique avec extase, il avait glissé dans sa jeunesse, et maintenant une certaine velléité lui prenait de recommencer.

« Voulez-vous que nous essayions ? » lui demanda Wardle en ôtant ses patins.

« Il y a plus de trente ans que je n'ai glissé.

— Que fait cela ? venez. »

Excité, pressé par tous, Pickwick se lança, et finit par glisser après un court essai.

D'abord Wardle se lança, puis Pickwick, puis Samuel, Winkle, Robert, Joseph, Snodgrass, tous enfin, se suivant de près avec une telle ardeur, qu'on eût dit qu'il s'agissait d'une chose fort importante.

Le jeu était on ne peut plus animé lorsqu'un craquement se mêla aux éclats de rire; chacun regagna le bord; mais un trou s'était fait à la glace, et il ne resta de Pickwick que son chapeau qui surnageait...

La frayeur et l'angoisse se peignirent sur toutes les figures; les dames se trouvèrent mal. Winkle et Snodgrass, se tenant par la main, regardaient avec terreur le trou par lequel avait passé leur maître, tandis que Tupman courait à travers champs, en criant *au feu* de toute la force de ses poumons.

Robert et Benjamin se demandèrent s'ils ne saigneraient pas la société en masse, c'était un moyen pour eux d'acquérir de la pratique.

Wardle et Samuel songeaient à se jeter à l'eau, lorsqu'une tête, des épaules, un corps, Pickwick enfin, parut à leurs yeux. Dans le même moment, Joseph se rappela que cette pièce d'eau n'avait, nulle part, plus de cinq pieds de profondeur.

On fit des prodiges pour tirer Pickwick de son trou, et, après bien des tentatives, il fut déposé sur la terre ferme.

« Maintenant, » dit M. Wardle, « mettez les schalls de ces dames et, pour ne pas attraper de rhume, prenez votre course jusqu'à la maison. »

Ce qui fut dit fut fait; Pickwick s'emmaillota philosophiquement dans les schalls, et sans s'inquiéter de la surprise des passants, il courut de son mieux jusqu'à la ferme de Dingley-Dell.

Dès qu'il fut arrivé et qu'il eut expliqué sa mésaventure, on lui prépara un lit bien chaud, un bol de punch, et les plus tendres soins l'entourèrent pendant tout le reste de la journée.

Le lendemain, le savant se leva à son heure ordinaire, n'ayant ni rhume ni douleur, ce qui fournit à Robert l'occasion de constater l'efficacité d'un bol de punch.

On fit un copieux déjeûner, puis on parla de se quitter.

« Vous devriez venir me voir dans Land-Street, » dit Robert à Pickwick, « c'est dans le faubourg ; une fois arrivé à l'église, vous tournez à droite, vous marchez un peu et vous y êtes.

— Je serai enchanté de me procurer l'honneur de cette visite.

— Venez de jeudi en quinze et amenez vos amis, j'aurai quelques étudiants ; nous passerons la soirée ensemble.

— Je n'y manquerai pas.

— Je vous promets que nous rirons.

— J'y compte. »

On se fit de tendres adieux d'une part, on se donna de franches poignées de main de l'autre, puis on partit.

Winkle et Snodgrass furent tristes et silencieux pendant tout le voyage, ils refusèrent
même de boire de l'eau de vie aux relais ; d'où
je conclus qu'ils regrettaient Émilie et Arabelle : si le lecteur peut tirer une autre conséquence, je lui saurai gré de m'en faire part.

CHAPITRE II.

Il y a à Londres, dans le quartier du Temple, habité par les gens de loi, de tristes et dégoûtantes demeures d'où l'on voit incessamment sortir des clercs de toutes les classes, portant sous le bras du papier timbré, de la patrocine, ruineuse pour le client qu'elle fait gagner comme pour le client qu'elle fait perdre.

En Angleterre, comme partout, et plus qu'ailleurs, peut-être, le barreau a ses degrés d'élévation, son aristocratie.

Le premier clerc, qui a payé pour travailler dans une étude et qui aspire à devenir avoué, ne se commettrait point avec le clerc salarié. Il a crédit chez son tailleur, reçoit des invitations en ville et ne manque jamais d'aller passer les jours fériés chez monsieur son père, riche industriel ayant voiture et chevaux.

Le clerc salarié, véritable substitut de son patron, dépense au café ou au théâtre de l'A-delphie la plus grande partie des trente schellings qu'il reçoit par semaine (36 francs). Consommateur de drap à bon marché, il ne craint pas que son habit montre la corde, et suit la mode à un an près.

Vient ensuite l'expéditionnaire, homme d'un âge raisonnable, chargé le plus souvent d'une nombreuse famille, et qui professe une estime particulière pour le grog, le gin et autres liqueurs fortes.

Indépendamment de ces trois ordres d'hommes et d'emplois, il y a les apprentis, appelés *saute-ruisseaux* en France, et qui n'ont point de nom en Angleterre; ils sont dans une étude ce qu'est le *rapin* dans un atelier de peintre, la victime offerte aux caprices du premier venu.

Cette dernière classe a un profond mépris pour les écoliers et se tient avec eux en guerre ouverte; elle se réunit le soir pour manger du cervelas et boire de la bière, c'est là son plus doux passe-temps.

Quant à l'instruction de ces disciples de Cujas et Brantôme, que la plupart n'ont jamais lus, je n'en dirai rien par respect pour la modestie des uns, et par égard pour l'amour-propre des autres.

Des impurs réduits du Temple sont lancés sans pitié les mandats d'amener, les assignations, les sentences et tant d'autres grimoires écrits au préjudice du client, au profit de l'avoué. Ces maisons, basses et étroites, regorgent de parchemins séculaires que l'humidité rend infects et qui se rident, avec le temps, comme les joues de la vieillesse.

Le lecteur n'a pas sans doute oublié l'affaire Bardell et Pickwick; si, comme cela se pourrait, elle était sortie de sa mémoire, ce qui va suivre la lui rappellerait. Je continue:

Quinze jours après le retour à Londres de Pickwick et de ses amis, on eût pu voir, vers les sept heures, le clerc des avoués Dodson et Fogg faisant mettre le sceau légal, par le président, sur une feuille de parchemin, original de quatre assignations, dont copies furent laissées aux trois disciples de Pickwick et à Samuel.

« D'où vient ceci? » demanda le questionneur valet de l'une des lumières de la Grande-Bretagne.

« De la part de MM. Dodson et Fogg, » répondit le clerc en lui mettant, selon l'usage, un schelling dans la main avec l'assignation.

« Ces messieurs sont bien honnêtes d'envoyer un présent à un homme qu'ils connaissent si peu ; chargez-vous de les remercier de
ma part, mon gentilhomme. »

Le clerc sortit, laissant Pickwick dans une
agitation extrême. Le savant dormit peu cette
nuit-là, et, le lendemain matin, après avoir
déjeûné plus légèrement qu'à son ordinaire,
il se rendit chez M. Perker, qui l'accompagna
chez Snublin, fameux jurisconsulte qui avait
l'oreille du tribunal et l'argent de ses clients.

Après une longue conférence qui ne lui apprit rien de son affaire, mais qui accrut ses
craintes, Pickwick alla trouver son avocat
plaidant, M. Finge, jeune débutant, qui devait faire pour lui ses premières armes à la
barre, ce qui donna les plus justes et les plus
graves inquiétudes au savant.

En toutes choses, on redoute le premier
pas.

Comme on doit se le remémorer, le chirurgien

Robert Sawyer, pendant son séjour à Dingley.
Dell, avait invité Pickwick et ses amis à une
réunion d'étudiants qui devait avoir lieu dans
quinze jours. Ce temps écoulé, malgré les pré-
occupations de son esprit, notre héros songea
à tenir sa parole.

Robert logeait dans une des misérables
maisons de Land-Street dans le *borough* (faubourg), qui ont l'avantage d'être inoccupées
neuf mois sur douze et qui conviendraient à
ces tempéraments *spleeniques* dont le goût
pour la solitude est si prononcé.

Dès cinq heures du soir, l'étudiant allait et
venait, avec une incroyable activité, afin de
disposer de son mieux les deux pièces garnies
qu'il occupait chez mistriss Baddle; les cannes
et le parapluie avaient été relégués derrière la
porte, le linge sale mis sous le lit avec les
bottes, et autres objets d'absolue nécessité. On
s'était procuré une table de jeu et des verres
chez le marchand de vin; l'indispensable
jambon, le bœuf à peine cuit, les huîtres et

le fromage formaient un quadrille sur la table,
et figuraient avec le porter et l'eau de vie. Au
total, cette collation n'était pas plus mauvaise
que celles dont les étudiants se régalent; le
malheur est qu'un incident désagréable vint
tuer la gaité du pauvre Robert.

Il était depuis dix minutes assis tranquillement au coin d'un bon feu, en face de son
ami Benjamin, quand un coup frappé violemment à la porte le fit ressauter :

« Entrez, » dit-il.

La clef tourna dans la serrure, la porte
s'ouvrit.

« C'est vous, madame Baddle? enchanté de
vous voir; asseyez-vous, madame Baddle; comment se portent le mari, le petit chien et le per-
roquet?

— Je désirerais savoir, monsieur, comment
se porte votre bourse ; puisque vous donnez
des soirées, je dois bien augurer de sa santé.

— Hélas! mon aimable hôtesse, les apparences sont souvent trompeuses; l'obligation des

devoirs sociaux nous entraîne au delà de notre
volonté, et...

— C'est cela, vous mangerez dans un jour
ce qui paierait un quartier de votre terme, et
j'attendrai ? Les choses n'iront pas ainsi, monsieur, je veux être payée.

— Je vous promets de le faire sous peu,
madame Baddle.

— Il faut que ce soit sur-le-champ.

— C'est impossible.

— Bah ! un homme comme vous doit trouver des expédients, vous avez une montre ?

— En gage.

— Des habits ?

— Râpés.

— Des livres ?

— Loués.

— Oh ! si mon mari avait pour deux liards
de courage, comme il vous étrillerait ; mais il
ne le fera pas le lâche ; c'est si pacifique un
homme !... »

Plus madame Baddle parlait, plus la cou-

leur de ses joues devenait vive ; il est évident
qu'elle forçait la vapeur pour arriver à l'explosion ; de quoi n'est capable une femme en
colère !

« Enfin, monsieur, quels sont vos projets ?

—Je n'en ai formé aucun, madame Baddle;
mais nous allons jouer, je gagnerai peut-être
et alors je vous paierai.

— Belle garantie; des parties à crédit.

—J'aurai des gens très recommandables.

—Demain, si vous n'avez réglé votre compte,
je vous fais arrêter.

— Vous n'irez pas jusque-là.

— Vous croyez? ne me mettez pas au défi.
Je suis lasse de vous voir arroser le bec à mes
dépens, il faut que ça finisse. »

Dans ce moment, Pickwick entra avec ses
amis.

« Qu'est-ce, mon cher monsieur?» dit-il,
« vous ne m'aviez pas prévenu que vous auriez
des dames.

— Je suis de la maison, c'est moi qui loue.

— Ah ! je connais cela.

— Et j'attends que monsieur me paie.

— Pardon , monsieur Pickwick, » reprit Robert , « vous savez ce que c'est que les jeunes gens , ils mangent leurs rentes trop vite.

— Quand ils ont des rentes, observa madame Baddle ; autrement ils s'arrangent de celles des autres.

— Madame, combien vous doit mon ami Robert ?

— Deux guinées trois schellings et six pence.

— Voilà votre argent. »
Pickwick paya.

« Comment, mon cher monsieur, vous voulez , » dit Robert....

« Vous me rendrez quand votre banquier vous aura payé.

— Mais je ne souffrirai pas. Madame Baddle, rendez à monsieur ce qu'il vous a donné.

— Rendre ? laissez donc ; je suis comme la

mort, je prends tout et je ne rends rien. Messieurs, je vous salue, maintenant vous pouvez vons divertir, vous êtes chez vous. »

Madame Baddle sortit.

« Voilà une singulière femme, » observa Pickwick.

« Un vrai diable en jupons.

— Est-elle mariée ?

— Oui.

— Tant mieux ; car sans cela je ne répondrais pas que vous ne fussiez assigné en dommages et intérêts ; car, enfin, elle est entrée chez vous.

— Pour peu qu'elle y fût restée, je la faisais sauter par la fenêtre.

— Chut, chut, on pourrait vous entendre.»

On frappa à la porte, trois personnes entrèrent.

« Bienvenus, messieurs, » dit Robert, vous vous êtes fait attendre. Sortez-vous de l'hôpital, Jack ? »

Pickwick lorgna le nouveau-venu pour voir s'il avait l'air malade.

« Oui, de Saint-Barthelémy, j'y passe ma vie. »

Pickwick soupira.

« Qu'y a-t-il de nouveau?

— Un cas superbe, un homme qui est tombé d'un quatrième étage sans se faire de mal et qu'on va trépaner pour savoir si son cerveau ne court aucun danger.

— Est-ce Slasher qui fera l'opération ?

— On le dit; vous y viendrez ?

— Jugez si je manquerai cette partie. »

Pickwick admira la sagesse de ces jeunes hommes avides de science, il prit des notes...

« Monsieur, » dit-il après avoir écrit, « ce Slasher est un habile homme, à ce qu'il paraît?

— Très habile. L'autre jour, il amputa un petit garçon de la jambe gauche; une heure après, l'enfant mangea cinq pommes.

— C'est extraordinaire! et il se porte bien ?

—Non, il est mort. Hier on a apporté un autre enfant qui avait avalé un collier de grosses perles de verre.

— Est-ce possible ?

— Il les avait avalées une à une, comme des pilules, et quand il les a eues toutes dans le corps, cela a fait un tel bruit, que le père a cru qu'il avait le croup.

— Et a-t-on pu avoir ces perles?

—Non ; mais, d'après l'aveu de l'enfant, la science a constaté leur existence, ce qui est beaucoup.

—Certainement.

— Nous avons dans nos hôpitaux une foule de faits remarquables.

— Les enregistre-t-on ?

— Cela occuperait trop de monde, on se contente d'en parler en masse.

— Messieurs, » dit Benjamin, en jetant le bout charbonné d'un cigare, « si nous prenions une leçon d'anatomie sur le bœuf ?

— Approuvé, » répétèrent plusieurs voix.

On se rangea autour de la table, Robert
apporta des huitres ; il ne manquait qu'une
chose, on avait oublié de les ouvrir. Chacun
fit ses efforts pour en venir à bout; Pickwick,
qui avait toujours des moyens ingénieux,
proposa de se servir d'un marteau. Le bœuf
s'était refroidi, le jambon était rance, le fromage, par sa force, méritait seul qu'on lui fît
raison.

Quand vint le tour du grog, nouvelle aventure, madame Baddle n'avait point fait chauf-
fer d'eau et s'était couchée; force fut bien de
boire froid.

Il y avait là un fashionable, aux bottes de
chamois, qui avait en vain demandé une idée
à son esprit sans pouvoir l'obtenir. Il voulut
raconter une histoire, s'embrouilla comme un
écheveau de fil, et se mit à dire, en jetant
son gant de dépit : « C'est singulier, il y a dix
ans que je ne conte pas autre chose.

— L'aveu est naïf, » répliqua son voisin
jeune homme au caractère lymphatique, au

regard fauve, aux cheveux roux, à la figure
ovale.

— Vous trouvez l'aveu naïf, mon cher?

— Mon cher...

— Robert, je serais désolé de vous faire la
moindre peine; mais je dois cependant déclarer ici que je tiens M. Ganter pour un manant.

— Pardonnez - moi de m'expliquer aussi
franchement, Robert, » répliqua Ganter,
«mais je crains d'être obligé de faire passer
monsieur par la fenêtre.

— Me jeter par la fenêtre, vous, qu'entendez-vous dire par là?

— Pas autre chose que ce que j'ai dit.

— Insolent.

— Votre carte, monsieur?

— Je m'en garderai bien, vous en orneriez
votre glace pour faire croire que vous recevez
des gens comme il faut.

— Vous aurez demain une visite.

— Vous faites bien de m'en prévenir, je
cacherai mon argenterie.

— Je ne sais qui me tient... »

M. Ganter leva une chaise et s'arrêta, le sage réfléchit sept fois avant d'agir.

Robert et Pickwick se jetèrent sur Hoddy, le fashionable à l'esprit rétif; Benjamin, Snodgrass et Winkle retinrent Ganter.

« Voyez, messieurs, » dit le savant, « à quoi vous vous exposez, et quel ne doit pas être le chagrin de M. Robert? nous étions venus pour une soirée d'amitié, il en résulte une provocation; n'y a-t-il pas là de quoi s'affliger? Monsieur Hoddy, monsieur Ganter, vous êtes deux hommes de courage et de génie, renoncez à vous donner des coups de poing ; *le boxing* a déjà défiguré plus d'un joli garçon.

« Je ne lui en veux pas, » dit Ganter.

« Je suis prêt à lui toucher la main, » répondit Hoddy.

« Allons, allons, » reprit Pickwick, « je vois que vous êtes de véritables Anglais, la colère ne va que jusqu'où vous voulez. Touchez-vous la main et *God save the king*..

— Si nous chantions, messieurs? » dit Robert.

« Oui, oui, du chant, cela remet tout en train.

— C'est moi qui commence ; vous m'accompagnerez avec vos verres.

— Nous redirons même les refrains. »

On chanta si haut, si fort, si longtemps, qu'après avoir frappé inutilement au plafond avec son manche à balai, madame Baddle appela de l'escalier de son aigre fausset :

« Monsieur Robert, monsieur Robert ?

— Plait-il, madame?

— Voulez-vous que je fasse monter le *watchman* (garde de nuit), et n'avez-vous pas honte de faire un tel tapage à deux heures du matin ?

— Nous finissons, madame Baddle.

— Il s'en fait temps.

— Madame, » cria Pickwick à l'hôtesse, « excusez ce jeune homme, c'est moi qui ai chanté.

— Allez vous coucher; vieux débauché, s'il

y avait une prime pour le vice, vous l'auriez gagnée. »

Le savant vit qu'il était inutile de répondre et l'on songea à se retirer.

Quand ils furent au premier étage, ils aperçurent madame Baddle en bonnet de nuit, elle les regardait par un œil-de-bœuf. Tout à coup elle disparut avec sa lumière et ils se trouvèrent dans l'obscurité.

« Qui a un briquet, messieurs? » demanda le savant.

Personne n'avait de briquet et l'on tâtonna. Après bien des recherches, on arriva à la porte; mais, au moment où elle s'ouvrait, un pot d'eau tomba sur la tête des pickwistes et les saisit de la manière la plus désagréable; c'était une dernière gentillesse de madame Baddle.

« Chantons pour narguer cette femme, » dit Benjamin en faisant une modulation.

« Gardez-vous-en bien, » répondit le prudent Pickwick, « vous seriez arrêtés comme perturbateurs du repos public.

CHAPITRE III.

On était au 13 février, veille du jour où devait être jugée l'affaire Bardell et Pickwick ; or, sans être superstitieux, le noble fondateur du plus illustre club éprouvait une vague inquiétude, sorte de triste pressentiment que la justice de ses droits ne parvenait pas à détruire. Toute sa journée fut employée à écrire à l'avoué Perker, au jurisconsulte Snubbin et à l'avocat plaidant Finge. Samuel, dans son activité, suffisait à peine à porter les messages. Il allait, il venait, passant devant les tavernes, les marchands de tabac et les affiches monstres sans les regarder, comme ferait un homme qui, de sa vie, n'aurait bu, fumé ni flâné.

Pickwick, dans toutes ses lettres, demandait à ses hommes d'affaires si les choses allaient bien, à quoi ils répondaient par l'affirmative. Il eût été difficile, en effet, de tenir un autre langage, et, avant le prononcé du jugement, la prudence voulait qu'on s'abstînt de toute opinion : qui peut répondre d'un jury?

Après avoir terminé son service accéléré de correspondance, Samuel se fit servir, à l'hôtel, un bon dîner et un verre d'eau de vie, par ordre de son maître. Il achevait son dernier morceau quand un petit garçon, haut de quatre pieds, parut sous le vestibule; il regarda à droite, puis à gauche, dans l'escalier, dans le corridor, comme quelqu'un qui cherche. L'hôtesse, pensant que peut-être il cherchait l'argenterie, se hâta de lui crier :

« Eh! jeune homme, que demandez-vous?

— Samuel, » répondit l'enfant.

« Samuel tout court, point d'autre nom?

— Non.

— Oh! oh! » dit Samuel, « vous êtes un rusé compère, mon ami; faites-moi le plaisir de me désigner la personne qui vous envoie.

— Un vieux monsieur, un cocher qui conduit la diligence d'Ipswick et qui loge chez nous.

— Le diable m'emporte si mon père n'a pas oublié que je suis son fils. N'as-tu plus rien à me dire, jeune chou-fleur?

— Pardonnez-moi, il faut que vous veniez ce soir à six heures au Renard Bleu, c'est notre auberge; vous trouverez facilement dans Leaden-Hall-Market.

— J'irai. »

L'enfant sortit.

Pickwick étant fort occupé, Samuel obtint

la permission d'aller voir son père, et il partit longtemps avant l'heure indiquée.

Les rues offrent à l'observateur un continuel sujet d'étude; Samuel, qui en avait fait l'expérience, s'arrêta devant un magasin de papier et porta bientôt ses regards sur une feuille à vignettes sur laquelle étaient gravés deux cœurs percés d'une même flèche que l'Amour tenait sur un trépied enflammé.

C'était, le lendemain, la Saint-Valentin, la fête des amants et des billets doux anonymes; personne n'oublie ce jour-là en Angleterre, mais Samuel l'avait oublié, tant ses occupations étaient importantes.

« Mauvaise tête, » se dit-il en se frappant le front; « j'aurais manqué cette bonne, cette excellente occasion; heureusement rien n'est perdu. »

Il entra dans le magasin.

« Monsieur, je voudrais une valentine que j'ai vue en montre.

— Que représente-t-elle?

— Deux cœurs à la broche qu'un petit rô-
tisseur indécent tient sur un réchaud. »

Le marchand sourit; Samuel paya et sortit
avec sa valentine. Il arriva bientôt à l'auberge
du Renard Bleu; son père n'y était pas; il demanda de l'eau de vie, une plume, de l'encre,
et commença sa lettre. La première chose qu'il
fit fut de retrousser ses manches et de prendre
ses coudées franches.

Pour les personnes qui n'ont pas l'habitude
d'écrire, une lettre est chose difficile : aussi,
dans ce cas-là, est-il convenable d'appuyer son
coude gauche sur la table et son front sur sa
main. Samuel mit ce moyen en usage et en
obtint un grand secours.

Il y avait une heure et demie qu'il écrivait,
lisait, effaçait, lorsque son père entra.

« Vous voilà, pèlerin, » dit Weller.

« Oui, bleu de Prusse; quel est le dernier
bulletin de santé de la belle-mère ?

— Sommeil et appétit, excellents; humeur,
détestable. Signé, Tony Weller, écuyer.

— Cela ne va donc pas mieux?

— Cela va plus mal; mais que faites-vous donc là?

— Des phrases et des pâtés.

— J'espère que ce n'est pas de l'amour?

— A quoi servirait de vous dire que non? j'écris une valentine.

— Une quoi?

— Une valentine.

— Vous, mon Dieu! qui l'aurait cru? après l'exemple que vous avez eu en moi, après tous mes conseils, après mes infortunes?...

— Le cœur n'entend rien à la raison.

— Vous n'auriez pas dû oublier mes leçons, même à votre lit de mort! »

Et, pour faire passer son chagrin, Weller avala le verre d'eau de vie que Samuel s'était fait verser, puis il reprit :

« Ça me sera une dure chose de vous voir marier, mon fils.

— Si c'est ce qui vous tourmente, rassurez-vous, je n'y songe pas.

— A la bonne heure.

— Vous êtes homme de bon conseil; allumez votre pipe et je vous lirai ma lettre.. »

Weller sonna, demanda sa pipe, la garnit et se plaça devant le feu; Samuel lut :

« Belle...

— Attendez, il nous faut deux verres et de l'eau de vie.

— On connait vos habitudes, ici?

— Il y a longtemps que j'y viens. »

Les verres et l'eau de vie furent apportés.

« Recommencez, Samuel, vous avez dit belle...

— Belle créature !

— Ce n'est pas de la poésie que vous me faites?

— Non, non.

— A la bonne heure; il n'y a que le bedeau qui parle en vers le jour de Noël, ou Narren quand il annonce son cirage. Ne vous laissez jamais aller à faire des vers; Samuel, continuez.

— Je sui tou... tou...

— Qu'est-ce que cela ?

— Attendez, il y a un pâté ; t-on, tou...
ton, tou ton. J'y suis, teux, tout tonteux,
tou...; encore un pâté.

— Vous m'affligez, Samuel !

— Tou sézi de vou zecrir, quart vous zètes
une gentile file.

— Ensuite ?

— Pas autre chose.

— Vos sentiments sont bien exprimés.

— Je le crois.

— A vent de vou connaître je croyait que
toute les fame était de même.

— Elles le sont en effet.

— Ne m'interrompez pas : maintenant je
vois que j'était une cruche et je vou zaime plus
que rien. Qu'en dites-vous, père ?

— C'est énergique et figuré, allez votre
train.

— Je profitte don du privilége de la sain
Valentin, ma chère Marie, pour vou dire que
la première, la seule fois que je vou est vue,

votre portrait s'est gravé dans mon quœur plus
vite et mieux que ne fait la machine qui en deux
minutes 1|2 fait un portrait l'encadre, le met
sous vers et place l'anneau pour le pandre.

— Vous arriverez par l'exagération à la poésie, Samuel.

— Ne craignez rien. Je continue : Accep-
tez-moi, ma chère Marie, pour votre Valentin
et pensée à ce que je vient de vou dir. Maintenant je conclue.

— Voilà tout?

— Oui tout.

— C'est tourné court comme un mauvais
cocher.

— C'est l'art d'écrire, cela fait désirer qu'il
y en eût un peu plus long.

— Il y a du vrai dans ce que vous dites;
mais ne signez-vous pas?

— Une valentine ne doit pas être signée du
propre nom de la personne; comment ferai-je?

— Mettez Pickwick, c'est joli à l'œil et pas
difficile à écrire.

— Je pourrai finir par un vers ; qu'en pensez-vous ?

— Je n'ai jamais connu de cocher un peu
respectable qui ait fait des vers, excepté un
qui, pour vol, fut condamné à être pendu ; la
veille de sa mort, il composa une ode, mais
c'est une exception.

Samuel signa :   Pickwick.

La lettre fut pliée et l'adresse mise ainsi
qu'il suit :

A Marie, fame de chambre ché M. Nupkins,
mère, à Ipswick (Suffolk).

Samuel, ayant terminé sa correspondance,
mit sa lettre en poche pour la jeter à la poste,
et demanda à son père pourquoi il l'avait fait
appeler.

« Pour deux choses importantes, » répondit Weller ; « la première est relative à votre
maitre, la seconde à moi.

— Voyons la première.

— Ce procès ne se juge-t-il pas demain ?

— Oui, demain.

— Il peut se faire que cet homme ait besoin de témoins pour prouver l'alibi ; j'y ai pensé et repensé, Samuel, et vous pouvez lui dire d'être tranquille, j'ai des amis qui attesteront tout ce qu'on voudra. Il n'y a rien comme un alibi, mon garçon.

— Mon maître sera jugé à Old-Bailey.

— Où qu'il soit jugé, il n'y a qu'un alibi qui puisse le tirer de là. Tom Wildspark avait assassiné un homme, c'était connu, et toutes les vieilles perruques de la jugerie prétendaient qu'il serait pendu ; l'alibi a été prouvé, les perruques ont eu tort.

— Je ne crois pas que mon maître voulût employer ce moyen.

— Alors il est flambé, voilà tout. »

Weller enfonça son nez dans un verre d'eau de vie et regarda son fils du coin de l'œil. Le respectable cocher pensait que le tribunal d'Old-Bailey était comme la Cour suprême, et

il n'y eut pas moyen de lui faire comprendre
que l'alibi y était inadmissible.

Samuel, voyant que cette discussion ne le
menerait à rien, prit le parti d'approuver son
père pour en finir.

« Quelle est maintenant l'affaire qui vous
concerne ?» dit-il.

« Un coup de politique, une leçon à donner
à M. Stiggins.

— L'homme au nez rouge ?

— Précisément. Vous savez qu'il rend tous
les jours visite à votre belle-mère ?

— Après

— Il est tellement l'ami de la maison que,
quand il la quitte, il faut qu'il en emporte un
souvenir.

— A votre place, je voudrais lui en donner
un qu'il garderait toute sa vie.

— Chaque fois qu'il vient, il apporte une
bouteille vide qui contient une pinte et demie,
et il n'oublie jamais de la remplir de rhum ; ce
qui fait, au bout de l'année, pour trois cent

soixante-cinq jours, cinq cent quarante-sept pintes et demie de rhum, plus de deux grandes tonnes.

— C'est une ruine qu'un pareil ami.

— Vous savez, Sammy (Samuel), qu'il est membre de la Société de tempérance?

— Je l'apprends de vous.

— Ce soir, il y a une réunion mensuelle de cette société à Brick-Lane. Votre belle-mère devait s'y rendre, mais elle a son rhumatisme, et adieu le comité. J'ai là en poche ses deux billets; vous comprenez... »

Et Weller cligna de l'œil avec une telle promptitude, que Samuel pensa qu'il avait le tic douloureux.

« Vous voulez aller là, père?

— Oui, avec vous, à l'heure précise; le pasteur Stiggins sera moins exact.

— Comment?

— Chut! parlons bas. Un de mes amis, j'en ai partout, un cocher qui travaille sur la route d'Oxford et qui aime beaucoup l'eau de vie et les farces, s'est chargé de conditionner mon homme. Il voudra se rendre à la réunion, et je réponds qu'il aura sa dose de rhum aussi bien ou mieux que chez moi. »

Weller se prit à rire si fort, qu'il faillit s'é-touffer ; Samuel lui frappa entre les épaules et lui dit :

« Qu'avez-vous à rire de la sorte, gros corps ?

— Samuel, nous allons nous amuser ; voici l'heure, en route. »

Ils sortirent ; la valentine fut mise à la poste.

La réunion de Brick-Lane n'était qu'une agrégation de la Société de tempérance d'Abè-nazer : c'était une grande salle bien ventilée dans laquelle on arrivait au moyen d'une échelle assez commode. Le président était l'in-tègre Antony Humm, d'abord pompier, main-tenant maître d'école, et prédicateur dans l'oc-casion. M. Jonas Mudge, marchand de chan-delles et de thé, remplissait les fonctions de secrétaire sans aucun intérêt; il était seulement fournisseur de la Société pour les articles de son commerce.

Avant d'ouvrir la séance, les membres prirent le thé aussi longtemps qu'ils le jugèrent convenable, ce qui suggéra à Weller de nombreuses réflexions.

« Ne croyez-vous pas, » dit-il à Samuel, « qu'on doive faire la ponction à ces tempérants?

— Vous parlez trop, gouverneur.

— Je vous prie d'observer le secrétaire, seulement pour me faire plaisir; s'il continue encore à boire et à manger ainsi, il fait explosion avant cinq minutes.

— Est-ce que cela vous regarde? laissez-le tranquille.

— Comme membre de la Société, je dois empêcher un malheur.

— Vous êtes membre de la Société de tempérance?

— Non, de l'autre, de la grande.

— A la bonne heure; mais à quoi sert ce tronc placé au milieu de la table ?

— A recevoir les offrandes ; maintenant taisez-vous, voilà un orateur qui va parler. »

« Mesdames et Messieurs,

» Vu les services qu'il a rendus à la Société, je propose d'appeler au fauteuil présidial M. Antony Humm ici présent. »

Les mouchoirs de poche de toutes couleurs et grandeurs s'agitèrent à la fois, et M. Humm fut jeté dans un encadrement qu'on appelait le bureau.

« Frères et sœurs, » dit-il, « si vous le permettez, le secrétaire va lire le rapport des travaux du comité. »

Nouvelle agitation des mouchoirs.

Ce qui répandit dans la salle une poussière de tabac, faisant éternuer les uns et moucher les autres, ainsi que cela se pratique avant chaque lecture de rapport.

RAPPORT DU COMITÉ.

« Pendant le mois dernier, notre comité a continué ses travaux avec une nouvelle ardeur, et nous avons à vous annoncer les conversions suivantes :

« Henri Walker, père de famille, buvait ordinairement de l'ale et de la bière ; des malheurs lui étant survenus, il ne boit plus que de l'eau et s'est fait membre de notre Société. »

Satisfaction générale.

« Betsy Martin, couturière, se faisait donner autrefois trente-six sous par jour, une pinte de porter et un verre d'eau de vie ; cette femme ayant perdu un œil, et étant menacée de perdre le second, s'est faite membre de notre Société ; elle ne boit plus de porter ni d'eau de vie, et demande par jour trois schellings six pence (4 fr. 20 cent.). »

Applaudissements.

« Henri Beller n'a eu, pendant plusieurs
années, d'autre profession que celle de porte-
santé ; on le demandait dans tous les repas de
corps pour proposer les toasts, et il buvait alors
les vins les plus exquis. Depuis peu, il n'est
plus en faveur et ne boit que de l'eau. Sa misère est extrême ; il est tombé dans un état de
mélancolie qui en fait un membre fort inté-
ressant de votre Société. »

Soupirs de quelques dames.

« Thomas Burton, pourvoyeur de viande
pour les chats du lord maire, des shérifs et
de plusieurs membres du conseil (l'assemblée
redouble d'attention), a une jambe de bois.
Jadis, pour satisfaire son goût pour le gin-
gembre, il se servait d'une jambe de sapin ;
mais la dernière qu'il a eue ayant failli lui
coûter la vie en se cassant, il s'est décidé à
commander une jambe en chêne ; pour la
payer, il ne boit que de l'eau : nous signa-
lons à votre attention ce fait de tempérance. »

L'assemblée applaudit. Le rapport désigna

encore des conversions aussi remarquables
que celles qui viennent d'être citées, après
quoi on chanta la chanson de tempérance.
On ne l'avait pas terminée, qu'un petit
homme s'approcha du président et lui parla
bas à l'oreille; celui-ci se leva et étendant la
main pour imposer silence :

« Mes amis, » dit-il, « un délégué de notre
Société de Dorking, le frère Stiggins, vient
d'arriver et va monter.»

Les mouchoirs s'agitèrent plus que jamais;
M. Stiggins était le favori des dames de Brick-
Lane.

« Le voilà, » dit tout bas Weller à Samuel.

« Ne me parlez pas, j'étouffe de rire.

— Bon, il en tient une solide dose. »

L'entrée du pasteur fut saluée par de
bruyants applaudissements. Il ne répondit à
cet élan d'enthousiasme que par un regard
hébété.

« Êtes-vous indisposé, frère? » lui demanda
tout bas le président.

« Non, monsieur, non, non.

— Tant mieux.

— Qui oserait dire ici que je ne suis pas très bien?

— Personne.

— A la bonne heure.

— Désirez-vous prendre la parole?

—Non, non, » s'écria Stiggins en déboutonnant son habit; puis il ajouta :

« Je crois que l'assemblée est ivre; frère Tadgas, vous êtes ivre, vous aussi, et vous, et ces femmes; tout le monde est ivre ici; allons, je boxe en masse les intempérants. »

Stiggins se mit à frapper sur toutes les têtes, et ce n'étaient que cris dans l'assemblée.

«Allez me chercher le watchman Samuel,» dit Weller en ôtant son habit; « pendant ce temps, je ferai le compte de Stiggins en bonne monnaie. »

Samuel, voyant que toutes remontrances étaient inutiles, enfonça bien son chapeau; et prenant son père à bras-le-corps, il l'entraîna malgré lui jusque dans la rue.

La populace s'était ameutée; les membres se retiraient contusionnés; Stiggins fut conduit au corps de garde : Weller n'avait pas manqué son but.

CHAPITRE IV.

Le 14 février, Pickwick et ses amis s'entretenaient dès le matin, avec l'avoué Perker, de l'affaire qui allait être jugée.

« Qui sait ce que mange le président à son déjeûner ? » dit Snodgrass par manière de conversation.

« C'est très important, » répliqua Perker. « Un juré qui a bien déjeûné est tout disposé à la patience, et les plaideurs devraient toujours mettre dans leurs intérêts les cuisinières de leurs juges. Si une affaire est appelée tard, le danger est également grand. Le président tire sa montre dès que le jury s'est retiré et dit :

« Il est cinq heures moins dix minutes , messieurs ; je dîne à cinq, êtes-vous pour le plaignant ou pour l'accusé? pour moi, sans chercher à vous influencer en rien, je donne ma voix au plaignant. »

» Le président a parlé, les juges opinent, la sentence est prononcée. Que manquait-il au condamné pour gagner sa cause? un quart d'heure de plus.

» Il était neuf heures dix minutes, et, comme ces sortes d'affaires attirent toujours beaucoup de curieux, les Pickwistes montèrent en voiture et se dirigèrent vers *Old-Bailey*.

« Conduisez ces messieurs au banc des étudiants, » dit Perker à son clerc en lui désignant les témoins de Pickwick. « Vous, mon cher monsieur, vous serez à mes côtés. Par ici, par ici. »

Et il tira son client pour le conduire au banc des avoués ; ce sont des places que l'auditoire ne voit point, les avocats les lui cachent.

« Le banc que vous voyez là , à gauche avec ce grillage, est réservé aux témoins, » dit Perker. « Ces siéges , à droite, sont occupés par le jury. »

Pickwick était dans une agitation extrême, il se leva et jeta un coup d'œil sur l'assemblée.

Il y avait déjà beaucoup de monde et au banc des avocats bon nombre de perruques , de gros nez ou de gros favoris , signes par lesquels le barreau anglais se fait reconnaître.

Les hommes d'affaires à *brevets* portaient les insignes de ce privilége d'une manière ostensible; les autres avaient ou de gros livres sous le bras , ou les mains dans leurs poches : tous étaient réunis en petits groupes et , au grand étonnement de Pickwick, parlaient des

affaires du jour avec autant de calme que s'il
ne se fût jamais agi de procès.

MM. Snubbin et Finge arrivèrent, puis,
après eux, Dodson, Fogg et leur avocat, Buzfuz, qui salua Snubbin en souriant, encore
à la surprise de Pickwick.

Bientôt entra le juge Stareledgh, qui tenait
la présidence par interim. C'était un homme
si petit et si gras, que, véritable poussah, il
paraissait tout tête et ventre. Il salua le barreau qui le salua, puis mit ses petites jambes
sous la table et son chapeau à trois cornes
dessus. Une fois dans son fauteuil, on ne voyait
plus de lui que deux petits yeux au milieu
d'une énorme boule rouge, surmontée d'une
perruque.

Dès que le juge fut assis, un huissier cria
silence d'une voix sifflante, et ce mot fut répété par trois autres voix qui se le jetaient
dans les couloirs de distance en distance.

Le greffier fit l'appel des jurés ; ils étaient
au nombre de dix, on leur adjoignit deux ju-

rés ordinaires, Thomas Goffin, pharmacien,
et Richard, épicier.

« Vous promettez, » dit le juge...

« Monsieur le président, » interrompit le
pharmacien, « je demande à être exempté de
mon service; je n'ai point d'élève et...

— Il faut en avoir un.

— Les affaires vont trop mal pour que je
me permette cette dépense.

— Prêtez toujours votre serment.

— Il n'y aura pas de ma faute si, avant la
fin de la séance, quelqu'un meurt empoisonné.

—Comment, monsieur?

— J'ai un jeune apprenti qui confond toujours le sel d'epsom avec l'acide oxalique, et le
sirop de séné avec le laudanum; il est seul,
je ne réponds de rien; mais je vais prêter le
serment.»

Pickwick regardait le pharmacien avec une
sorte de terreur; tout à coup il fut distrait par
un mouvement qui se fit dans l'assemblée. Il
leva la tête et vit la veuve Bardell, pour ainsi

dire portée par une de ses amies qui pliait sous le fardeau. Son fils était à côté d'elle, et l'émotion de la veuve se communiqua visible-blement à l'auditoire.

« Les Dodson et Fogg ont imaginé là une excellente comédie, » dit Perker.

« Comment? » demanda Pickwick.

« L'émotion de cette femme, la leur, tout cela est un piége tendu au tribunal pour attirer son attention; nous ne sommes pas au bout.

—Bardell et Pickwick, » cria l'huissier.

« Je suis pour la demanderesse, et voici mon second, » dit Buzfuz.

« Je me constitue pour le défendeur, mon second est M. Finge, » ajouta Snubbin.

« Messieurs Buzfuz et Skimpin d'une part; Snubbin et Singe de l'autre,» dit le président.

« Mon nom est Finge, monsieur le président.

— J'entends parfaitement, Singe. C'est la

première fois que vous prenez la parole devant nous ? monsieur.., eu... eur.

— Finge.

— Bien, bien. »

Le public rit d'un nom mutilé par le seul changement d'une lettre, et Finge rougit en pensant que la destinée d'un grand homme peut dépendre souvent d'une lettre mal placée.

L'avocat Skimpin ouvrit les débats en faveur de la veuve Bardell; il parla trois minutes sans rien dire : après quoi, Buzfuz se leva, rajusta sa robe, sa perruque, parla bas à Dodson et Fogg, et commença avec toute la dignité requise :

« Messieurs,

» Qu'il me soit permis d'abord de vous dire que, dans ma longue pratique des affaires, jamais cause aussi intéressante ne s'est offerte à mes yeux, et si le sentiment de mes devoirs d'avocat n'imposait silence à mon cœur, je sens que la vive émotion que j'éprouve trahirait mon zèle.

»Je m'adresse à un jury intègre, éclairé, qui discernera la vérité et fera droit à la veuve comme à l'orphelin.

» Vous avez appris, messieurs, par mon savant confrère (ils n'avaient rien appris du tout) que l'affaire qui vous est soumise est relative à la violation d'une promesse de mariage, acte sacré dans lequel toute moralité est renfermée, acte d'où naissent..., je m'arrête..., où n'irais-je pas ?

» Vous avez appris que les dommages demandés par la veuve Bardell s'élèvent à la simple somme de 1,500 livres (37,500 francs); mais ce que vous n'avez pas appris de mon honorable collègue, parce que ce n'était pas à lui de vous l'apprendre, ce sont les circonstances de cette affaire, je vais essayer de vous en parler en *peu de mots*.

»La plaignante, messieurs, est veuve depuis trois ans, bien veuve. Son mari, estimable douanier qui avait toujours joui de la confiance de ses supérieurs et de la solde de l'État, disparut inopinément de ce monde pour aller chercher dans l'autre la paix et le repos qui manquent aux douaniers.

» Un fils, né de cette douce union, est resté à la triste veuve pour lui rappeler celui qui n'est plus. Livrée à sa douleur et aux soins de son ménage, la veuve Bardell, bien veuve, messieurs, s'est retirée dans *Goswell-Street;* c'est là que, il y a trois ans, elle mit, derrière ses vitres, un écriteau portant ces mots : *Appartement de garçon à louer garni.* Faites attention, messieurs : *appartement de garçon.* La haute opinion que la veuve Bardell avait de notre sexe et le souvenir de son mari la déterminèrent à ne prendre que des garçons.

» Forte de la pureté de ses intentions, et sans s'occuper de la médisance, elle mit son écriteau. M. Bardell avait été jadis garçon, c'était donc aux garçons que la veuve demandait son gagne-pain.

» A peine avait-elle pris ce parti, qu'un bipède ayant nom d'homme, un séducteur, devint son locataire. Il s'insinua dans le cœur de la veuve comme une anguille sous la roche : il avait l'art de plaire, messieurs.

» Plaire avec une ame noire, un cœur corrompu ! Ah ! plaignons la malheureuse qu'une fatale fascination a conduite dans les bras du monstre. »

Pickwick ressauta, son regard devint menaçant.

« Et cette conduite, messieurs, il l'avait froidement méditée, je ne crains pas de le dire tout haut, dût sa haine m'en revenir. L'avocat qui connaît son devoir ne craint personne. »

Mouvement de l'assemblée.

«Pendant deux ans, Pickwick habita sans interruption chez la veuve Bardell; c'est elle qui le servait, le blanchissait, le raccommodait, etc., etc.

» Tout à coup il se mit à faire de longues absences; mais un sentiment de pudeur lui faisait encore respecter les convenances, et

il fit positivement une demande en mariage ,
qu'il nie aujourd'hui.

» J'ai ici deux lettres qui prouvent cette intimité passée, je ne demande qu'un moment
pour en faire lecture.

» Première lettre :

» Ma chère madame Bardell,

» Des côtelettes à la sauce aux tomates.

» Votre dévoué,   PICKWICK. »

» Qui oserait écrire ainsi à moins d'une
grande intimité?

» Seconde lettre :

» Chère madame Bardell ,

» Je n'arriverai que demain par la dernière
diligence du soir. Ne vous inquiétez pas du
chauffe-lit. »

» Qui est-ce qui parle d'un chauffe-lit sans
y attacher un double sens, messieurs? Qui
écrit chauffe-lit quand c'est bassinoire qu'il

faut dire? un savant, vous ne le croirez pas, et le mot chauffe-lit ne doit être pour vous qu'une figure.

» Mais, sans jouer sur les mots et pour aborder franchement mon sujet, je vous montrerai, messieurs, les espérances de ma cliente détruites, son avenir gâté, ses moyens d'existence perdus, tandis que l'auteur de tant de maux ose se présenter devant vous la tête haute, le regard fier. Dans votre sagesse, vous déterminerez l'amende qui doit lui être imposée, et je conclus en vous la demandant proportionnée à l'importance du dommage. »

La plaidoirie de maitre Buzfuz produisit une grande sensation sur l'auditoire. On entendit ensuite une amie de madame Bardell, qui déposa avoir entendu faire la promesse de mariage.

Vint le tour des disciples de Pickwick, qui, dans leur simplicité, nuisirent à la cause qu'ils voulaient servir par des aveux, des rétractations, des hésitations sans nombre. Samuel seul conserva sa présence d'esprit. Quand vint son tour, il se plaça lestement au banc des témoins, posa son chapeau par terre, ses mains sur le dossier du banc placé devant lui, et se tint prêt à répondre.

« Votre nom? » dit le juge.

« Samuel Weller, monsieur.

— L'écrivez-vous avec un V ou avec deux V?

— Cela dépend du goût des amateurs; pour moi, qui n'ai signé que deux ou trois fois dans ma vie, je n'y ai mis qu'un V, cela prend moins de temps. »

Une voix, partant de la galerie, s'écria :

« C'est bien *Sammy;* écrivez tout de même avec deux V, monsieur le président.

— Qui ose ainsi m'adresser la parole? Huissier, amenez-moi cet homme. »

L'huissier chercha, mais en vain.

« Savez-vous qui a parlé, témoin?

— Monsieur le président, je suppose que c'est mon père.

— Si vous pouviez me le désigner, je le ferais arrêter.

— Vous êtes bien bon.

—Eh bien! monsieur Weller, » dit Buzfuz.

« Eh bien! monsieur.

— Vous êtes au service de M. Pickwick? parlez-nous de lui tout haut, s'il vous plaît.

— C'est mon intention.

--- Le jour de votre entrée à son service, vous n'avez pas remarqué une circonstance particulière ?

— Pardonnez-moi, j'ai été habillé de neuf.

— N'avez-vous pas vu la veuve Bardell évanouie ?

— Non, attendu que mes yeux ne percent ni les gros murs ni les portes de chêne.

— Vous souvenez-vous d'être allé un soir chez la veuve Bardell ?

— Parfaitement.

— Je pensais bien que nous arriverions à quelque chose.

— Moi aussi. »

(Rires dans l'auditoire.)

« Et vous parlâtes du procès?

— Ces dames m'en parlèrent ; elles donnè-
rent des éloges à MM. Dodson et Fogg que
vous voyez là. »

Regards de l'assemblée.

« Que dirent-elles?

— Que ces messieurs avaient entrepris cette
affaire par spéculation, etc., etc.

— C'est bien, c'est bien, vous pouvez vous
retirer.

— Vous ne voulez plus rien savoir?

— Non, non. »

Samuel reprit sa place, l'affaire était suffisamment entendue, Snubbin et Finge avaient
combattu énergiquement leur adversaire ; il
se faisait tard, le président se retira pour boire
un verre de vin et manger une côtelette, le
jury se retira pour délibérer.

Après un quart d'heure d'attente, le tribunal rentra en séance, le jugement fut pro-

noncé et Pickwick condamné à 750 livres de dommages, aux frais, etc., etc.

« Je ne paierai pas, » dit le savant.

« On vous mettra en prison, » répliqua Perker.

« Quel délai m'accorde la loi ?

— Deux mois.

— Samuel, allez nous retenir cinq places pour Bath, je veux bien employer les deux mois qui me restent, et qu'on ne me parle jamais plus de cette affaire.»

CHAPITRE V.

Les places pour Bath étaient retenues, et, par une matinée froide, nébuleuse, nos amis s'acheminèrent vers le bureau de la diligence. Il fallait attendre encore vingt minutes, ils se réfugièrent dans la salle des voyageurs, laissant à Samuel le soin de faire charger les effets.

Cette salle était, comme toutes les salles de voyageurs, incommode et malpropre. Un homme d'environ quarante-cinq ans s'y trouvait quand les pickwistes entrèrent ; il les examina attentivement, puis il se mit à siffler.

« Qui sait où descend cette voiture à Bath ?

— Hein ? » dit l'étranger.

« Je demandais où arrive la voiture à Bath, pourriez-vous me le dire, monsieur ?

— Allez-vous à Bath ?

— Oui, et ces messieurs aussi.

— Est-ce que ces gens-là s'imaginent de faire entrer six personnes dans l'intérieur ?

— Oh ! que non.

— Ils le font tous les jours, quoique la voiture ne contienne que quatre places ; mais qu'ils ne s'en avisent pas avec moi, je ne suis pas facile à mener ; malheur à qui voudrait me marcher sur le pied.

— Mais, mon cher monsieur, vous vous mettez en colère inutilement ; je n'ai que deux places dans l'intérieur, les autres sont pour le coupé ouvert.

— Pardon, pardon, monsieur ; je suis fâ-

ché de m'être emporté, vous paraissez un bon
enfant.

— Heu !...

— Parole d'honneur, vous êtes un bon enfant, et je serais enchanté de faire votre connaissance. Voulez-vous que nous échangions
nos cartes pour savoir nos noms?

— Volontiers.

— Je désire faire votre connaissance.

— La vôtre me sera infiniment agréable.

— J'espère que nous aurons une route
agréable.

— J'en suis sûr.

— Vous me plaisez beaucoup, veuillez m'ho-
norer de votre nom et d'une poignée de main.
Pour moi, je me nomme Dowler, ancien militaire, aujourd'hui mari d'une femme qui
m'accompagne à Bath, où je vais pour mon
plaisir : c'est une belle personne que madame
Dowler, j'en suis fier.

— Nous aurons le plaisir de la voir?

— Je vous présenterai à elle. J'ai obtenu sa main par un singulier stratagème.

— Comment ?

— Je la vis, je l'aimai, je fis ma demande, elle me refusa. J'appris que j'avais un rival et je promis de l'écorcher vif s'il persistait dans ses prétentions. C'était un poltron, il quitta la ville, je fis de nouvelles tentatives, on m'agréa. Le courage et l'audace intéressent toujours les femmes ; je suis très heureux avec la mienne. »

M. Dowler parlait encore que madame Dowler entra ; elle était, en effet, fort jolie.

« En voiture, messieurs, » cria le conducteur.

Chacun prit place, on partit et, la route n'offrant rien de bien remarquable, je laisserai nos voyageurs arriver à l'hôtel du *Cerf Blanc*, à Bath.

L'intimité s'étant établie entre Pickwick, M. et madame Dowler, le lecteur ne sera donc pas surpris d'apprendre que le lendemain,

dès le matin, l'ancien militaire se présenta
chez le savant. Il était en grande toilette,
il portait force bagues ou breloques et tenait
à la main une tabatière en or; sa perruque
était frisée, pommadée, et le parfum de son
mouchoir de poche eût rivalisé avec les bou-
quets les plus variés; enfin ses dents étaient
si blanches, si régulières, qu'à quelques pas
on ne pouvait distinguer les fausses des natu-
relles.

« Eh bien! mon cher monsieur, comment
va la santé ce matin? » dit M. Dowler.

« Fort bien, et la vôtre?

— On ne peut mieux. Restez-vous longtemps ici?

— Deux mois.

— A peu près le même temps que nous, et
je viens vous proposer de prendre de moitié
un appartement que j'ai vu.

— Mes amis restent avec moi.

— Il nous logera tous.

— Je serai bien aise de ce voisinage.

« — Venez voir les pièces que je vous destine.

— Je m'en rapporte à vous, mon domestique va faire porter nos effets, et nous entrerons sur-le-champ en jouissance.

— J'aime à vous voir cette promptitude. »

Pickwick sonna, paya, fit emporter son léger bagage et quitta l'hôtel du Cerf avec ses amis, M. et madame Dowler.

Il y a à Bath plusieurs salons destinés aux buveurs. Les eaux y arrivent par une pompe, et viennent tomber dans des bassins de marbre où chacun puise à son gré.

Le premier salon est fréquenté par les gens riches et titrés, ayant livrée à poudre et voitures armoriées; c'est la haute aristocratie anglaise, ingénieuse à dépenser hors de chez elle ses immenses revenus.

Le second salon est réservé aux fortunes modestes, aux artistes distingués, aux savants qui se paient de gloire. C'est là que la conversation est le plus animée et que l'esprit s'échange sans escompte, tellement il est naturel d'en avoir.

Viennent ensuite les bains à l'usage des malades, qui sont, comme partout, tristes à fréquenter.

Le matin, les étrangers boivent de l'eau et se promènent : à midi, ils boivent encore de l'eau et se promènent; le soir, ils boivent pour la troisième fois de l'eau et se promènent, exercice très varié. Après le diner, on se retrouve au salon, au bal, au spectacle et, quand la saison durerait six mois, on serait sûr de se rencontrer tous les jours, aux mêmes heures, dans les mêmes lieux, avec les mêmes personnes.

La réunion des eaux a cependant son charme; l'observateur trouve dans ces masses des caractères à tracer, des observations à faire. Pickwick ne pouvait donc avoir mieux choisi; aussi son cahier de notes était-il enrichi de nombreuses remarques qu'il avait faites chaque jour.

Un soir que, selon son habitude, il venait
de consigner ses observations sur le papier, il
essuya soigneusement sa plume, referma son
cahier et ouvrit un secrétaire pour y serrer
le tout. Il avait cédé à ce besoin d'ordre lorsque machinalement sa main se posa sur un bou-
ton de tiroir; il l'ouvrit, le referma, en tira un
autre, puis un autre encore. Au quatrième,
il s'arrêta; un manuscrit avait frappé ses yeux.

Un manuscrit pour Pickwick! c'était comme
pour un avare une augmentation de richesse.
Il prit donc le bienheureux papier et le lut;
mais il ne contenait qu'un récit invraisembla-
ble sur l'origine des eaux de Bath. Le savant
le rejeta de mauvaise humeur dans le tiroir,
ferma son secrétaire et, selon l'habitude qu'il
en avait contractée, entra chez M. Dowler
pour lui souhaiter le bonsoir avant de se coucher.

« Vous allez vous mettre au lit? » demanda
l'ex-militaire.

« Oui, c'est mon heure.

« — Je voudrais bien pouvoir suivre votre exemple.

— Qui vous en empêche?

— Ma femme est au bal, j'ai promis de l'attendre.

— Beaucoup de plaisir.

— Bonne nuit, voisin.

— Merci. »

Pickwick remonta dans sa chambre, et M. Dowler se rapprocha du feu.

Il n'y a rien de triste comme d'attendre quelqu'un qui s'amuse; la pendule sonne si fort quand on est seul : d'abord on n'éprouve que de l'ennui, mais bientôt un mouvement nerveux vous prend dans la jambe gauche, puis dans la jambe droite; enfin successivement aux deux bras. On se tourne d'ici, on se tourne de là; on bâille, on se gratte le nez jusqu'à ce que rougeur s'ensuive, les yeux se fatiguent, on n'est bien nulle part...

Cet état devint celui de M. Dowler, et il pensa que les gens qui s'amusent sont bien

égoïstes de vouloir qu'on les attende. Il est
vrai qu'il n'eût dépendu que de lui de s'a-
muser aussi, mais une mouche l'avait piqué
au moment de partir, et il était resté.

Quand il eut suffisamment étendu, puis retiré
ses jambes, avec accompagnements de bâille-
ments, il se décida à se jeter sur son lit, seulement pour se reposer.

« J'entendrai bien d'ici, » se dit-il; « voilà
le watchman qui crie les heures, il s'éloigne,
je l'entends moins. »

Avant deux minutes, il ne l'entendit plus
du tout, car il dormait d'un profond sommeil.

Vers les trois heures, madame Dowler arriva
en chaise à porteur; le vent était si fort, que
les torches des porteurs menaçaient à chaque
instant de s'éteindre.

« Frappez là, » leur dit madame Dowler,
une fois à la porte.

Ils frappèrent, personne ne vint.

« Les domestiques sont endormis, tirez le
cordon de la sonnette.

— Il est cassé, madame.

— Eh bien ! frappez plus fort. »

Un porteur se mit à frapper à tour de bras,
tandis que l'autre regarda en l'air pour voir
si quelqu'un ouvrirait une fenêtre; mais rien
ne bougea.

« Ils sont donc tous morts?

— Je voudrais les savoir au diable. »

Le marteau fut de nouveau mis en train, et
M. Winkle commença à rêver qu'il était à une
séance où, pour obtenir le silence, le président
agitait en vain sa sonnette. Il rêva ensuite
qu'il assistait à une vente publique, et que le
commissaire-priseur frappait continuellement
sur le comptoir. Petit à petit, son sommeil devint moins fort et les sons plus distincts; enfin il pensa que ces coups pouvaient bien venir
de la rue et s'arrangea de son mieux pour
écouter. Après avoir compté trente-six coups,
il se tint pour convaincu qu'en effet on frappait à la porte. Il sauta à bas de son lit, mit
ses bas, ses pantoufles , passa sa robe de

chambre, alluma une chandelle et descendit.

« Qui est là? » dit-il en tirant les verrous.

« Ouvrez, vous le saurez après. »

Machinalement il entr'ouvrit, mit son nez en avant et regarda en dehors. La première chose qui frappa ses regards fut la torche enflammée que le porteur présenta sous le vestibule.

Effrayé, encore tout endormi, Winkle crut voir la maison enflammée et fit, involontairement, deux pas dans la rue; sa chandelle s'éteignit, la porte se referma.

Il vit seulement alors la chaise à porteur et aperçut dedans une tête de femme; le trouble, la honte le saisirent, il frappa à coups pressés, suppliant les porteurs de s'éloigner avec leur chaise pour ne pas donner à une dame le spectacle indécent d'un homme en robe de chambre.

Tandis qu'il parlait, quelqu'un sortit de la maison voisine.

« Cachez-moi, ayez pitié de moi, » criait-il;

« miséricorde ! voilà des gens du bal qui se dirigent de ce côté, mettez-vous devant moi, je vous en supplie, il y a des dames. »

Et au lieu de l'écouter, les porteurs riaient de toutes leurs forces.

Dans ce moment, deux fenêtres s'ouvrirent, mais la porte resta fermée, et comme les dames approchaient, Winkle, dans l'excès de son trouble, se jeta dans la chaise à porteur.

Or, afin que vous le sachiez, lecteurs, les deux fenêtres qui venaient de s'ouvrir étaient occupées par Pickwick et par l'hôtesse.

« Monsieur Dowler, monsieur Dowler, » cria celle-ci en entrant dans la chambre de l'ancien militaire, voilà votre femme qui se sauve avec un étranger.

« Ma femme se sauve ? à la garde, au voleur ! Attends, coquin, je descends pour te couper le cou ; un couteau, où y a-t-il un couteau ? »

Winkle, qui entendit ces derniers mots, sortit de la chaise plus vite qu'il n'y était entré

et se mit à courir de toutes ses forces, du côté
d'une grande place qui était vis à vis, il en fit
deux fois le tour, ayant M. Dowler à ses
trousses; enfin il vit la porte ouverte, s'y lança
comme un trait, et la referma au nez du mari
offensé, qui maugréait comme un damné.

Plus mort que vif, le malheureux Winkle
monta dans sa chambre, se barricada et prit
la résolution de quitter Bath dès le point du
jour. Il faut convenir aussi que sa complaisance avait failli lui coûter cher, et qu'il s'était
loyalement exposé à une transpiration arrêtée
ou à une fluxion de poitrine, car, tandis qu'il
courait, le vent qui s'engouffrait sous sa robe
de chambre le rendait assez semblable à un
ballon à demi gonflé; d'autres fois dérangée
par le courant d'air, la fâcheuse robe lui revenait sur la tête, lui battait dans les jambes,
ou formait de chaque côté comme une aile
de moulin à vent, ce qui ne laissait pas de
prêter à la plaisanterie.

Au point du jour donc, Winkle prit son sac

de nuit, marcha sur la pointe des pieds, retint son souffle et tira précipitamment sur lui la porte qui lui avait été si funeste. Il chemina longtemps, ne sachant pas plus que vous et moi où il porterait ses pas, lorsqu'il vit, devant l'hôtel Royal, la diligence de Bristol, prête à partir; il y prit une place, pensant qu'il valait autant aller là qu'ailleurs.

Dès que Pickwick sut que son disciple était parti, il fit demander Samuel.

« Fermez la porte, » lui dit-il, « et prêtez-moi toute votre attention, Samuel. Il s'est passé cette nuit de tristes choses dans la maison.

— Je le sais, monsieur.

— M. Winkle, craignant que Dowler ne se portât envers lui à quelque acte de violence, s'est enfui dès le matin.....

— En vérité?

— Vrai comme je vous le dis; il est parti sans prévenir personne, et j'ignore de quel côté il a dirigé ses pas.

— Il aurait dû se battre, et je me trompe fort, ou l'on viendrait facilement à bout de ce Dowler.

— J'ai aussi des motifs pour douter de son courage, mais il ne s'agit pas de cela, et à tout prix, il faut qu'on retrouve M. Winkle, qu'on me le ramène.

— Et s'il ne veut pas revenir?

— Il faudra l'y forcer.

— Qui sera chargé de cette mission?

— Vous, Samuel.

— Très bien, monsieur.

— Allez aux informations.»

Samuel sortit et revint deux heures après dire à son maître que M. Winkle était parti pour Bristol.

— Vous êtes un homme précieux, mon garçon, et vous allez vous mettre à sa poursuite.

— Volontiers, monsieur.

« — Dès que vous l'aurez découvert, vous m'écrirez, et s'il tente de vous échapper, mettez-le sous clef, boxez-le s'il le faut ; je vous donne plein-pouvoir.

— Je tâcherai de m'acquitter pour le mieux de mon message.

— Ne manquez pas de lui dire que je suis très mécontent de sa conduite.

— Oui, monsieur.

— Que, s'il ne veut pas revenir avec vous, c'est moi qui irai le chercher.

— Je n'y manquerai pas.

— Pensez-vous parvenir à le découvrir, Samuel ?

— Je vous réponds que je le trouverai, s'il est quelque part.

— Dans ce cas, partez, voici de l'argent, bon voyage.

— J'ai bien compris vos intentions ; je le boxe ?

— Oui, faites pour le mieux. »

Samuel salua son maître et sortit; il fit un petit paquet, le mit sous son bras, se rendit à la diligence, et, une demi-heure après, il était sur la route de Bristol.

CHAPITRE VI.

Avant de se décider à partir, M. Winkle s'était dit : « Si Dowler me menace, je serai obligé de lui en demander raison, un duel s'ensuivra; quel remords n'aurai-je pas si je le tue, si je plonge sa femme dans un deuil éternel? »

Et, dans la générosité de son cœur, il prit,

moitié par peur, moitié par humanité, la route
de Bristol.

Le lecteur comprend, en effet, que M. Dowler
courait de graves dangers ; M. Winkle tirait
l'épée et le pistolet aussi bien que le fusil,
il était donc sûr de manquer son homme,
mais il n'était pas sûr que son homme le
manquât.

Arrivé à Bristol, il prit une chambre, à
l'hôtel du Groseillier, décidé à n'écrire à ses
amis que lorsqu'il croirait M. Dowler revenu
à des sentiments pacifiques. Comme il ne connaissait personne, il sortit pour voir la ville :
il la trouva sale, laide, mal bâtie, et les rues
mal percées. Désireux de connaître la
cathédrale, dont il avait entendu parler, il
chercha à qui demander son chemin. Une
devanture de magasin fraîchement restaurée
attira ses regards, il lut au dessus de la porte
le mot *Pharmacie*, et entra, pensant qu'il
trouverait là quelqu'un de poli.

Il n'y avait personne au comptoir, et, pour

se faire entendre, il frappa plusieurs coups avec un écu. A ce bruit, quelqu'un se remua dans l'arrière-magasin pompeusement décoré du nom de *laboratoire*, et s'approcha de Winkle.

« Que désire monsieur ?» demanda gravement le maître du logis, jeune homme qui portait des lunettes bleues et un gros bouquin crasseux sous le bras.

« Pardon si je vous dérange, monsieur; auriez vous la complaisance de m'indiquer...

— Oh! la bonne aventure! quoi, mon cher Winkle, c'est vous?

— Pourrais-je savoir?...

— Vous ne me reconnaissez pas? Robert, l'étudiant de Land-Street? ah! ah! regardez-moi bien.

— Comment c'est vous? qui vous eût reconnu avec ces lunettes et cet air grave?

— C'est l'air du métier, mon cher; ce vieux bouquin a vu trois générations de pharmaciens, qui tous s'en sont servis comme d'un

brevet de capacité, sans l'avoir jamais ouvert :
la pratique arrive, on a son livre sous le bras,
elle se dit : Voilà un homme qui entend son
affaire, je peux avoir confiance en lui. Mais
entrez donc dans le laboratoire, vous allez
trouver là mon ami Benjamin Allen.

— En vérité? c'est surprise sur surprise.»

Ils entrèrent. Benjamin était devant un feu
qu'il enjambait, et s'amusait à faire des trous
au mur avec le pique-feu.

«Comment vous portez-vous, monsieur Allen?

— A merveille, et vous?

— On ne peut mieux, merci. Vous êtes
très bien ici, monsieur Robert.

— Passablement. Je fus reçu peu de jours
après la malencontreuse soirée que je vous
donnai, vous savez; mes parents m'achetèrent
cette pharmacie; alors j'endossai l'habit noir,
je mis les lunettes et pris l'air grave.

— Vous paraissez avoir une bonne petite
affaire?

— Si bonne et si petite, qu'au bout de

quelques années on pourra mettre les béné-
fices dans une feuille de groseillier.

— C'est une plaisanterie, et le fonds en lui-
même a une grande valeur?

— Pssss..., la moitié des tiroirs est vide,
et l'autre moitié n'est que figurée. Aujour-
d'hui on fait la pharmacie avec du calomel,
mais surtout avec des sangsues, et comme ce
sont des élèves qui les posent, on a soin de les
faire servir deux ou trois fois, on ne s'en tirerait pas autrement.

— Je n'aurais jamais cru cela.

— Il ne faut pas non plus que le public soit
dans le secret, et vous voyez que nous don-
nons beaucoup aux apparences; mais vous
prendrez un verre d'eau de vie? Benjamin,
donnez la bouteille du digestif patenté.

— Vous ne voulez point d'eau?

— Au contraire, j'en prendrai.

— Benjamin, donne la bouloire.»

Benjamin ouvrit une petite armoire sur laquelle était écrit : *soda water*, et donna ce

qu'on lui demandait. La conversation s'anima
et devint des plus gaies ; mais elle fut inter-
rompue par l'arrivée d'un petit garçon en livrée grise et en chapeau galonné.

« C'est mon domestique, » dit Robert.

« S'il a porté ce plein panier de médicaments, les affaires ne vont pas si mal.

— Vous êtes bien neuf, mon cher. Il va
sonner à une porte. Un domestique vient
ouvrir.

« La médecine qu'on a commandée chez
M. Sawyer. »

« Le domestique prend, monte la bouteille à
son maître, qui lit l'étiquette et dit : «Ce n'est
pas pour moi. » La femme lit à son tour et
rend la bouteille au domestique, qui la descend
à la cuisine, où tout le monde la lit encore.
Le lendemain, l'enfant revient, avoue s'être
trompé, s'excuse sur la grande quantité de
médicaments qu'il avait à porter, et s'en retourne avec sa bouteille.

« Singulier moyen,

— C'est ainsi qu'on se fait connaitre, cela vaut mieux que toutes les annonces des journaux. Nous avons là une bouteille qui a fait la moitié de la ville et qui ne finira sa tournée qu'à la dernière maison.

— Vous m'étonnez de plus en plus.

— Benjamin et moi nous en avons imaginé bien d'autres. D'abord le watchman reçoit dix-huit sous par semaine pour tirer ma sonnette bien fort chaque fois qu'il fait la ronde. Le dimanche, quand je suis à l'église, mon garçon arrive tout essoufflé, me parle à l'oreille; je sors en dérangeant tout le monde; et chacun de se dire: C'est M. Robert Sawyer, le successeur de M. Nockemorf; quelqu'un se trouve mal, on vient le chercher.

» Si, au contraire, on entre chez moi pour demander les taxes, je réponds que M. Sawyer n'y est pas, mais que je ferai la commission. Ces employés ne me connaissent pas plus que ceux des compagnies d'éclairage ou de pavage, il n'y a que l'homme qui perçoit les taxes de l'église qui me devine, et celui de la compagnie des eaux qui me connaît ; je lui ai arraché une dent.»

Robert parlait encore, quelqu'un entra pour demander des sangsues, Winkle resta seul avec Benjamin.

« Et vous, monsieur Allen, votre position ?

— Ne m'en parlez pas ; j'ai un grand chagrin. Vous rappelez-vous de ma sœur Arabelle, une petite fille aux yeux noirs, assez gentille, et qui me ressemble ?

— Je ne l'ai pas oubliée ; elle se porte bien ?

— Mon ami Robert est un charmant garçon !...»

Winkle pâlit.

« Je les destinais l'un à l'autre.

— Eh bien !

— Eh bien ! mon cher ami, elle l'a refusé ; ce qui me fait penser qu'elle aime ailleurs.

— Savez-vous qui ?

— Si je le savais, aussi sûr que voilà un pique-feu, je l'éventrerais. »

Et Benjamin donna un grand coup de pique-feu dans la cheminée.

Winkle n'avait pas une goutte de sang dans les veines.

« Miss Allen est-elle dans le comté de Kent?

— Non, non; depuis la mort de nos parents, c'est moi qui suis son tuteur, et je l'ai amenée chez une vieille tante, pour voir quel effet la solitude produira sur elle. Si, au bout de quelques mois, elle n'est pas guérie, je l'emmenerai à l'étranger.

— Cette tante demeure?

— Là bas, là bas; mais chut! voici Robert, ne parlons pas de cela devant lui. »

Cette conversation avait jeté Winkle dans une grande perplexité; avait-il un rival? c'est ce qu'il se décida de chercher à savoir.

Dans ce moment, on apporta un pâté, et Robert retint Winkle à dîner. On emprunta un couvert chez le voisin, et on fit les honneurs de l'unique verre à l'invité. Robert but dans un entonnoir, auquel on avait mis un bouchon, et Benjamin dans un vase de cristal qui servait à mesurer les médicaments liqui- des. Après avoir bien bu et bien mangé, Winkle se retira; c'était le soir.

Il entra dans la salle de l'hôtel et demanda de l'eau de soda : en l'attendant, il prit une chaise près de la cheminée; un monsieur qui se chauffait se rangea pour lui faire place; mais quelle ne fut pas sa surprise lorsqu'il reconnut le terrible M. Dowler; dans sa frayeur, il se jeta sur le cordon de la sonnette qui se trouvait du côté de l'ex-militaire; celui-ci lui retint le bras, et tous deux se regardèrent avec une inexprimable anxiété.

«Monsieur Winkle,» dit M. Dowler, «ne me frappez pas, je ne le souffrirais pas.

— Un coup,» répondit Winkle, qui pensait à la sonnette.

« Calmez-vous, écoutez-moi.

— Un seul coup.

— Veuillez vous asseoir.»

(Tous deux tremblaient.)

« Un tiers entre nous, monsieur, un tiers;
ne m'avez-vous pas menacé, hier?

— Oui, mais j'ai su la vérité, et voici ma
main. »

Winkle, qui avait tout compris, changea de
contenance et prit un ton noble et fier;
cependant il accepta les excuses, et après s'être
serré la main à plusieurs reprises, Dowler et
lui se séparèrent pour aller se coucher.

A minuit et demi, Winkle fut réveillé par
un coup frappé à sa porte.

« Qui est là?

— Moi, monsieur, ouvrez !

— Vous, Samuel, que venez-vous faire?

— Ouvrez, d'abord. »

Winkle ouvrit, Samuel entra.

« Il paraît que vous faites des coups de tête,
monsieur?

— Que signifie ce ton; sortez à l'instant.

— Je ne sortirai pas; je viens de la part
de votre gouverneur.

— Allez vous coucher; nous causerons de tout cela demain matin.»

Samuel résista longtemps; enfin il fut convenu qu'il enfermerait M. Winkle; que, le lendemain, on écrirait à Pickwick, et que, s'il le fallait, on partirait. Samuel promit de venir ouvrir en cas d'incendie; Winkle s'engagea à ne passer ni par la fenêtre ni par la cheminée, et tout fut dit.

Le lendemain, la lettre partit pour Bath, et toute la journée Samuel garda Winkle à vue; heureusement, vers les huit heures du soir, Pickwick arriva pour lever les arrêts.

CHAPITRE VII.

Le maître et le disciple s'étant touché la main sans rancune, Winkle parla de ses chagrins d'amour et de la résolution qu'il avait prise d'épouser miss Allen.

«Vous êtes bien décidé?» lui demanda Pickwick.

« On ne peut plus décidé; je sens qu'elle seule peut faire mon bonheur.

— Songez qu'il serait indigne de tromper cette jeune fille.

— Ce n'est pas dans mon caractère; je l'aime, toutes mes intentions sont pures.

— Le difficile est de découvrir sa retraite, et de lui demander un rendez-vous, afin de s'entendre.

— Oui, c'est très difficile.

— J'en chargerai Samuel.»

Et l'intelligent valet fut mis en campagne dès le lendemain matin.

Il parcourut tous les quartiers, questionna toutes les bonnes qu'il rencontra, sans obtenir aucun renseignement. Partout on lui désignait des demoiselles amoureuses, ou sur le point de l'être, mais les portraits qu'on lui faisait ne ressemblaient en rien à miss Arabelle.

Décidé à ne rien négliger pour arriver à son but, il traversa les dunes par un temps affreux, se demandant si, à Bristol, il est nécessaire de tenir toujours son chapeau à deux mains pour ne pas le perdre.

Après avoir longtemps marché, il arriva dans un lieu ombragé où se trouvaient quantité de petites maisons avec des jardins. Il vit devant une porte un valet d'écurie, qui paraissait fort occupé à ne rien faire, et pensant que peut-être il en tirerait quelque chose, il vint s'asseoir près de lui pour entrer en conversation.

« Bonjour, l'ami, » dit-il.

« Bonsoir, vous voulez dire ?

— Vous avez raison, mon vieux ; comment vous portez-vous ?

— Pas mieux depuis que vous êtes là.

— C'est singulier, vous avez pourtant un air de santé, de vivacité qui fait plaisir à voir. Votre maître n'est pas M. Jackson.

— Non.

— Ni Wilson.

— Non plus.

— Alors il n'a pas l'honneur de me connaître. »

Le valet se dirigea vers la porte.

« Agissez sans cérémonie, faites vos affaires, ne vous gênez pas.

— Pour une demi-couronne je te casserais la tête, beau parleur.

— Pas possible à ce prix, l'ami; elle vaut les gages de toute ta vie; mes compliments aux habitants de cette maison : dis-leur qu'ils ne m'attendent pas pour dîner, et qu'ils ne se donnent pas la peine de le mettre de côté, il serait froid avant que je vinsse. Te faut-il une mèche de mes cheveux ?»

Le valet d'écurie était rentré; Samuel resta seul : il allait s'en retourner, quand une porte s'ouvrit, et une jeune fille sortit avec des tapis qu'elle venait secouer.

« Ma mie, vous allez fatiguer vos jolis bras, permettez-moi de vous aider.»

La jeune fille se retourna, jeta un cri et laissa tomber ses tapis, c'était la gentille femme de chambre Marie, la Valentine de Samuel !...

« Comment, monsieur, c'est vous ?

— Je vous cherchais, bel astre.

— Qui vous a appris où j'étais?

— Ah! c'est le secret.

— La cuisinière de M. Nupkins?

— Peut-être; mais que je vous conte, ma chère Marie; il y a ici un ami de mon maitre, M. Winkle, qui est amoureux-fou, tout à fait fou.

— Et la demoiselle?

— C'est une miss Arabelle Allen, la sœur d'un scieur d'os.

— Miss Allen? elle demeure là, à cette porte, chez sa tante.

— En vérité?

— Oui, elle est aussi fort triste, à ce que m'a conté la femme de chambre, par dessus le mur.

Pourriez-vous, ma belle Marie, me rendre un service.

— Lequel?

— De me faire parler à miss Allen ce soir?

— Oui, à la brune.

— Eh bien ! à la brune soit.»

Cette conversation terminée, Marie se rappela qu'elle avait apporté des tapis, et tous
deux se mirent à les secouer. Or ce n'est pas
une chose innocente que de secouer des tapis;
d'abord on est à une distance respectueuse;
mais en pliant on se rapproche, et au dernier
pli on finit par être si près, qu'on ne peut se
dispenser de s'embrasser.

Marie fut donc embrassée autant de fois
qu'elle avait de tapis, après quoi Samuel fut
à la plus prochaine taverne, attendre l'heure
qui devait lui permettre de parler à miss Allen.

A la nuit tombante, il revint; Marie l'in-
troduisit dans le jardin, et pour n'éveiller
aucun soupçon il grimpa sur un poirier.

Il attendit longtemps, et commençait à
désespérer de rien faire ce soir-là, lorsqu'il
entendit un pas léger, c'était Arabelle : il
toussa, la jeune miss leva la tête, aperçut un
homme et tomba évanouie.

«La voilà de l'autre monde,» dit Samuel;

« la peste soit des femmes ; elles se trouvent toujours mal quand il ne faut pas : miss, miss Allen, madame Winkle. »

Soit qu'elle eût reconnu la voix de Samuel, ou que le nom magique de Winkle eût produit son effet, Arabelle reprit ses sens.

« C'est vous, monsieur Samuel ?

— Oui, miss, parlez bas.

— Que venez-vous faire ?

— M. Winkle est au désespoir.

— Plus bas, plus bas, monsieur Samuel.

— Hier nous avons cru qu'il devenait fou ; il dit qu'il se tuera s'il ne peut vous voir demain.

— Me voir ? c'est impossible.

— Il sait tout ce que vous fait endurer le jeune homme aux besicles.

— Mon frère ?

— Lui ou l'autre, le plus laid des deux.

— C'est mon frère.

— Eh bien ! miss, l'opinion du gouverneur est que, si vous n'accordez pas ce rendez-vous, le scieur d'os logera dans la tête de M. Winkle assez de plomb pour l'empêcher de chanter.

— Vous me faites trembler! mais on m'appelle.

— Que décidez-vous?

— Je viendrai.

— Demain?

— Oui, demain, à sept heures.»

Samuel descendit de son poirier et se hâta de venir rendre compte de son message.

« Il nous faudra beaucoup de prudence,» dit Pickwick après avoir attentivement écouté son domestique.

« Nous?» répéta Winkle avec surprise.

« Oui, monsieur, nous; en vous accordant cette entrevue, cette jeune fille commet une imprudence. Si je suis là, moi qui suis votre ami, la médisance n'aura point de prise contre elle.

— Oh! vous êtes le plus généreux des hommes.

—Je ne fais que mon devoir; Samuel, vous

me préparerez ma grosse redingote, et vous retiendrez une voiture. »

Le lendemain, à l'heure convenue, ils partirent, Samuel les accompagna. A un demi-mille de la demeure de miss Allen, ils descendirent de voiture, et Pickwick montra à Winkle une lanterne sourde, dont il s'était muni.

« C'est une excellente chose, quand on sait s'en servir,» dit Samuel. «Par ici, messieurs, par ici.»

(*La lanterne de Pickwick jetait en ce moment une vive lumière.*) « Dieu me damne, si cette lanterne ne nous joue pas quelque mauvais tour (*Pickwick la tourna d'un autre côté*); bien, à présent elle projette sa lumière sur les fenêtres (*Autre demi-tour*); la voilà dans l'écurie; on croira que le feu est à la maison. Fermez votre lanterne, monsieur, croyez-moi.

— Je ne sais comment m'y prendre, jamais je n'ai connu de si puissant réflecteur.

— Si puissant que, pour peu qu'il continue,

nous sommes découverts. Chut ! j'entends du
bruit, c'est miss Allen; allons, monsieur Winkle, sur le mur!

— Attendez, attendez, Samuel, ce n'est
pas M. Winkle, mais bien moi qui vais monter, il faut que je rassure cette jeune personne;
aidez-moi.

— Allez doucement, monsieur. »

Et s'appuyant au mur, Samuel fit un pont
de son dos à Pickwick.

« Y êtes-vous?

— J'ai peur de vous faire mal.

— Ne vous inquiétez pas de moi, ferme,
allez. »

Après des efforts extraordinaires, Pickwick
parvint à appuyer son menton sur le haut du
mur; il aperçut Arabelle.

« Ma chère enfant, n'ayez zpas peur.

— Allez-vous-en, monsieur Pickwick, vous
vous romprez le cou.

— Il n'y a rien à craindre, mais j'ai voulu
vous faire comprendre que je n'aurais pas

permis ce rendez-vous sans ce que j'ai appris
de votre situation présente.

— Croyez que ma reconnaissance.... »

Samuel fit un mouvement, Pickwick perdit l'équilibre et disparut, Arabelle resta sans
voix...

— Vous êtes-vous fait mal, monsieur ?

— Non, j'ai seulement glissé; allez maintenant, Winkle; Samuel et moi, nous veille-
rons sur vous.

— Je n'ai jamais vu un aussi excellent
homme,» dit Samuel; «que Dieu bénisse ses
vieilles guêtres; je crois que son cœur a vingt-
cinq ans de moins que son corps. »

En un instant, Winkle eut franchi le mur
et fut aux pieds d'Arabelle.

Tandis que ce rendez-vous avait lieu, un
vieux monsieur, grand savant et grand philosophe, qui habitait la troisième maison de
l'avenue, travaillait à un long traité de philosophie. De temps en temps, il arrosait son
gosier avec un verre de vieux bordeaux, et

dans les moments difficiles il fixait le mur, le
plafond, le tapis, quelquefois même il se
mettait à la fenêtre pour appeler l'idée.

Il venait de prendre ce moyen et regardait
de tous côtés, lorsque la magique lanterne,
qui n'était pas la lanterne magique, frappa
ses yeux et disparut. Il regarda étonné et vit
bientôt le même phénomène; ce ne pouvait
être un ver luisant, c'était trop haut; encore
moins un feu d'artifice, c'était trop bas;
qu'était-ce donc? un météore ignoré de la
science? la chose pouvait bien être. Quel honneur de constater cette découverte! Le savant
pensa que l'immortalité l'attendait, et, plein
de ces idées, il prit de nombreuses notes sur
le jour, l'heure, la minute, les secondes
de l'apparition du phénomène qui lui sem-
blait se mouvoir irrégulièrement, comme les
comètes.

Ce savant n'avait pour entourage qu'un
vieux domestique, il le fit monter.

« Que pensez-vous de ceci, Pruffle?

— Mais, monsieur....

— Voyez-vous bien?

— Très bien.

— Vous avez été élevé à la campagne; à quoi attribuez-vous cette lumière?

— Ma foi, monsieur, je crois que ce sont des voleurs.

— Fermez cette fenêtre, vous êtes une bête, Pruffle.

— Monsieur est bien bon.

— Allez-vous en, Pruffle.

— Merci! monsieur. »

Le savant voulut à tout prix savoir d'où provenait cette clarté, et descendit.

« Leste, leste! » cria Samuel. Et Winkle et Pickwick se mirent à courir.

L'observateur était sur une porte qui donnait dans l'avenue et contemplait avec admiration la marche rapide du météore; Samuel, qui courait devant son maître, aperçut cet importun, le poussa et tira la porte pour donner à Pickwick le temps de fuir.

Le lendemain, on lisait dans les journaux la description du nouveau phénomène; il n'était plus question que de cela dans les salons, et le savant prouva, par un traité des mieux conçus, que cette masse de lumière était produite par l'électricité, et que sa force agissait avec une telle vigueur qu'il en avait éprouvé une forte commotion, et que sa porte s'était fermée violemment.

Cette citation convainquit et charma toutes les Académies, et depuis cette époque le vieux philosophe fut regardé comme profond astronome; il y a bien des réputations qui se sont faites à moins....

CHAPITRE VIII.

Les deux mois accordés à Pickwick par
le jugement qui le condamnait à des dommages envers la veuve Bardell s'écoulèrent
sans autre événement remarquable. Ce délai
expiré, les quatre amis et Samuel retournè-
rent à Londres.

Ils y étaient depuis trois jours lorsque, dès
le matin, Samuel vit une voiture de forme

étrange s'arrêter à la porte de l'hôtel; un individu, plus étrange encore que la voiture, en
descendit lestement.

Cet homme était vêtu de noir et portait une
quantité de breloques énormes; c'était l'officier
civil. Un autre personnage, que le valet avait
remarqué, et qui rôdait depuis longtemps autour de l'hôtel, vint se mettre près de la voiture, ce qui donna quelques soupçons au
fidèle serviteur de notre illustre savant, et le
détermina à barrer le passage au premier
venu.

« Arrière, » dit l'homme aux breloques.

« Arrière, » répéta Samuel.

« A moi, Scaramouche.

— N'approche pas, rustre, ou je t'envoie
servir d'affiche au mur.

— Oh! oh! »

Scaramouche poussa Samuel, Samuel le
poussa, l'officier civil profita de ce conflit
pour gagner l'escalier.

Une minute après, il était dans la chambre de Pickwick, qu'il réveillait sans pitié.

Samuel l'avait suivi et entra presque aussitôt que lui.

« Apportez-moi de l'eau chaude pour ma barbe, « dit le savant à son valet.

«Inutile,» répondit l'étranger, «j'ai une prise de corps contre vous; je vous arrête.

— Êtes-vous de la secte des quakers pour garder ainsi votre chapeau?» demanda Samuel.

« Je vous apprendrai qui je suis avant de sortir, mon drôle.

— En attendant, chapeau bas.

— Rustre...

— Vous refusez? je le ferai pour vous.»

Et le chapeau roula à l'autre bout de la chambre.

«Samuel, si vous ajoutez un mot, si vous faites un geste, je vous chasse. »

Dès qu'il fut habillé, Pickwick monta dans la voiture avec ses gardiens et Samuel; bientôt ils arrivèrent à une maison dont les fenêtres étaient garnies de barres de fer, et sur la porte de laquelle on lisait ces mots :

» *Namby, officier des shérifs de Londres.*

« Vous voici chez moi, » dit l'homme aux breloques.

« Vous êtes monsieur Namby ?

— Précisément ; voulez-vous entrer dans la salle du café ou avoir un cabinet particulier ?

— Je désire un cabinet. Samuel, allez sur-le-champ chez M. Perker. »

Une demi-heure après, M. Perker entra.

« Vous voilà donc en cage, mon cher monsieur Pickwick ?

— Il n'y a pas longtemps.

— Vous feriez mieux d'arranger cette affaire.

— N'en parlez pas, je subirai ma peine ; dès ce soir, j'irai en prison.

— Si vous voulez, vous pouvez choisir celle de White-Cross-Street (rue de la Croix-Blanche).

— Je préfère aller ailleurs, si c'est possible, je sais qu'on est très mal là.

— Voulez-vous celle du Fleet?

— Volontiers, j'irai dès que j'aurai fini mon déjeûner.

— Il n'y a rien qui presse; il faut d'abord avoir un *habeas corpus* (privilége de faire évoquer sa cause au tribunal du banc du roi); les juges ne s'assembleront qu'à quatre heures, jusque-là vous restez ici.

— C'est bien long.

— Je suis surpris de vous voir si désireux d'entrer dans un lieu que tant de gens voudraient pouvoir quitter.

— Quelques heures de plus ou de moins ne sont rien. Samuel, commandez-moi une côtelette pour deux heures, et qu'on soit exact.»

Lorsqu'il eut dîné, Pickwick monta dans une voiture de place avec M. Perker, Namby et Samuel, pour se rendre à la chancellerie où son *habeas corpus* devait lui être délivré.

Il y avait là deux juges : l'un de la Cour du

banc du roi, l'autre de la Cour des plaids
communs. A en juger par la quantité des clercs
qui entraient ou sortaient avec des dossiers, ces
hommes devaient expédier beaucoup d'affaires.

Pickwick remarqua particulièrement sous
le vestibule trois ou quatre hommes assez mal
vêtus qui remettaient des cartes à certaines
personnes.

« Qu'est-ce que ces gens-là, monsieur
Perker? je viens de recevoir une de leurs cartes, et je voudrais savoir...

— Ce qu'ils font? Ils cautionnent, mon
ami, ni plus ni moins.

— Je ne comprends pas.

— Il y a cinq ou six de ces hommes qui,
pour une demi-couronne, rendent témoignage
dans une affaire.

— Se parjurer devant les magistrats au
taux d'une demi-couronne? ce n'est pas possible.

— Cela est cependant, et c'est ainsi qu'ils gagnent leur vie ; mais entrons dans l'étude des clercs de juges. »

Les formalités voulues furent remplies ; Pickwick fut alors confié à un huissier, qui le conduisit en prison et le livra au geolier.

Au fond d'un vestibule ouvert était une lourde porte de fer gardée par un guichetier. Lorsqu'il eut passé cette porte, l'huissier dit à Pickwick :

« Restez là, monsieur, tous les guichetiers vont venir vous reconnaître ; on appelle cela prendre le portrait.

— Mon signalement ?

— Tout ce que vous voudrez ; j'ai rempli ma mission, je me retire. »

Les porte-clefs vinrent, en effet, successivement examiner Pickwick de la tête aux pieds avec un air d'insolence qui n'appartient qu'à cette classe. L'examen terminé, le savant fut informé qu'il pouvait entrer dans la prison.

Il n'y avait pas, ce soir-là, de chambre vacante, le geolier lui loua un lit dans une pièce où couchaient d'autres prisonniers.

CHAPITRE IX.

Tom Roker conduisit notre héros dans la chambre dont on lui avait parlé. C'était un homme dur et brutal que ce Roker, le guichetier.

Après avoir passé la grosse porte de fer, il tourna à droite, descendit un étage par de petits escaliers étroits et prit par une galerie humide, sombre, basse, éclairée par deux petites fenêtres placées chacune à l'extrémité.

« C'est ici la galerie de l'antichambre? » dit-il d'un ton brusque.

« Et là bas! là bas! au fond de ces escaliers qui semblent conduire sous terre ?

— Ce sont des prisons.

— Habitées ?

— Oui, habitées ; qu'y a-t-il d'étonnant ?

— Comment ? il y a des gens qui vivent là dedans?

— Et d'autres qui meurent là dedans ; c'est tout naturel.

— Passons, passons, mon cœur saigne. »

Roker maugréa entre ses dents, puis il monta une rampe d'escaliers aussi sales, aussi tristes que les premiers, et dit :

« Nous sommes dans la galerie du café.»

C'était la répétition de l'étage inférieur. La troisième, la quatrième galerie ne différaient pas davantage.

« La chambre que je vais vous montrer est par ici, entrez. C'est ça une pièce, hein? »

Pickwick garda le silence.

« Vous ne trouveriez pas mieux à l'hôtel Farringdon; le lit est excellent.

— Parfait, » dit Samuel avec ironie; « et je suppose que ce sont des gentilshommes qui occupent les autres?

— Précisément; l'un d'eux boit par jour douze pintes d'ale, et fume même pendant ses repas.

— C'est un amateur de première classe?

— Juste! là dessus, je vous salue; monsieur pourra se coucher quand il voudra. »

Roker s'éloigna.

La chaleur étant assez forte, les prisonniers laissaient leurs portes ouvertes pour avoir de l'air. Pickwick regarda avec intérêt et curiosité.

Dans une petite chambre, on apercevait quatre individus au milieu d'un nuage de fumée de tabac; ils riaient, buvaient et jouaient aux cartes. Plus loin, un homme seul était assis devant une petite table; il écrivait une pétition et l'adressait à un grand personnage qui ne devait jamais la lire.

Un père, entouré de sa femme et de ses enfants, faisait un petit lit avec des chaises : mais pour une véritable misère que de vices !..

« Il paraît égal à ces chanteurs d'être en prison, Samuel, » dit Pickwick.

— Les malheureux sont ceux qui ne peuvent ni boire ni jouer, qui paieraient volontiers et qui meurent de chagrin. Les paresseux, accoutumés à passer leur vie à la taverne, ne se trouvent pas mal en prison ; les ouvriers actifs y souffrent.

— Je crois que vous avez raison ; oui, vous avez raison, Samuel.

— Je n'ai connu personne qui aimât la prison ; si, cependant ; un dettier qui y vécut vingt ans et y mourut.

— Qu'était cet homme ?

— Un jeune bachelier que l'amour aveugla et que le porter tua.

— Contez-moi son histoire, Samuel.

— Volontiers, monsieur, cela fera passer le temps.

— Bien, bien.

— Le temps en fait passer assez... »

Pickwick s'assit sur son lit, Samuel se plaça vis à vis et commença son récit :

BILL LE DÉTENU.

« Un noble lord d'Yorkshire, qui avait femme et emplois à la cour, un de ceux qu'on appelle hommes d'État et qui s'occupent de tout, excepté de leurs affaires, avait pris pour secrétaire un jeune bachelier qui sortait de l'U- niversité d'Oxford. Bill, c'était son nom, ne s'occupa d'abord que de sa besogne; mais un jour il s'avisa de trouver la gouvernante jolie (l'institutrice des enfants), et il la regarda si bien, si souvent, si longtemps, qu'il l'aima.

« Vous me plaisez, miss Julia, » dit-il; « je peux faire mon chemin; promettez-moi de m'épouser ?

— Je vous le promets. »

» Et le bachelier vécut dans cette espérance.

» Tous les jours, il renouvelait sa demande, tous les jours, il obtenait la même réponse ; les amoureux sont comme les ivrognes , ils reviennent sans cesse à la même chose.

» Encouragé par miss Julia, Bill résolut de l'épouser.

» Ce projet une fois mûri, il songea à l'exécuter. Comment faire ? Sa seigneurie est toute-puissante ; il faut, par sa protection, obtenir un emploi, une charge.

» Plein de cette pensée fortifiée par un verre de punch, Bill résolut de parler le même jour à milord.

» Un valet de chambre entra.

« Monsieur Bill , sa seigneurie vous demande.

— C'est bien, William, je vous suis. »

» En traversant la salle à manger, il rencontra Julia, lui serra la main et lui dit :

« Je vais déclarer notre amour à sa grâce.

— Faites selon votre cœur.

— Vous serez à moi?

— Je le jure. »

» Il entra.

« Mes lettres sont-elles faites, Bill?

— Milord...

— Mon discours est-il mis au net?

— Je n'ose dire...

— Comment?

— Que votre seigneurie m'excuse cette fois.

— Êtes-vous devenu fou?

— Seulement amoureux, votre grâce.

— Ha! ha! Est-ce que je connais la future, mistris Bill?

— Elle est dans la maison.

— Vous piquez ma curiosité; Maria?

— Mieux que cela.

— Jessy?

— Mieux encore.

— Qui donc?

— Miss Julia.

— Miss Julia vous aime?

— Je le crois.

— Vous êtes un fat.

— Milord, je suis heureux et je désirais vous parler de mes projets.

— Me prenez-vous pour confident?

— Pour protecteur.

— Parlez.

— J'aime miss Julia; miss Julia m'aime.

— Allons donc...

— Dois-je me taire?

— Non, non, continuez.

— J'aime miss Julia, miss Julia m'aime.

— Erreur; mais allez au but.

— Le but, votre honneur, c'est le mariage.

— Vous n'avez pas d'état.

— C'est pour m'en faire un que j'ai recours à vous.

— Vous voudriez?..

— Une charge qui me permit d'espérer.

— C'est impossible, mon cher.

— Alors je l'épouserai sans la charge.

— Vous n'avez pas le sens commun; et la petite fille est coquette, je vous en avertis.

— Milord, songez à qui vous le dites.

— Oh! oh! attendez..; oui, j'ai une affaire superbe, mais il faudrait partir sans elle.

— N'en parlons pas.

— Trois mois suffiraient pour vous assurer une fortune, un avenir.

— Je serais riche? j'irai, milord, je partirai.

— Il faudrait que ce fût dès demain.

— Tout de suite, pour elle, pour son bonheur! trois mois, ah! milord!

— Allez donc faire vos adieux. »

» Bill sortit. Bientôt il pensa qu'il faisait une sottise, qu'il devrait épouser, sauf à partir après. Ses adieux à Julia furent tristes; mais elle lui promit tant de n'aimer que lui qu'il se rassura.

» Trois jours après, il occupait un bon emploi à Londres dans les bureaux de la chancellerie, il avait mis le pied dans le chemin de la fortune.

»Pendant trois mois, les lettres d'amour allaient et venaient deux fois par semaine avec
une parfaite exactitude; mais peu à peu Julia
se ralentit. Il est vrai que les excuses ne man-
quaient jamais; un jour, c'était un rhume; un
autre jour une migraine, puis la maladie de
milady; enfin la mort de milady.

» Milord était inconsolable, disait-elle ; dés
qu'il serait un peu plus calme, elle partirait
pour aller attendre chez sa tante l'époque de
son mariage. Elle disait vrai, c'est là qu'elle
se maria...

» Bill avait beau soupirer, les vacances n'ar-
rivaient pas, il fallait attendre ou perdre sa
position : il resta.

» Dix-huit mois s'écoulent; la correspondance, qui d'abord avait été ralentie, cesse
tout à coup. Bill abandonna sa place et partit.
Pas une fois, il ne pensa à soupçonner Julia;
il aimait mieux la voir malade ou même morte
que de la croire infidéle.

» Enfin il arrive chez la tante, sonne, personne ne répond. Il s'adresse à un voisin.

« Mistriss Crumps, s'il vous plaît ?

— Partie, monsieur.

— Et sa nièce miss Julia ?

— Mariée à milord B....

— Mariée ?

— Depuis quinze jours. »

» Bill n'eut plus de voix, plus de force ; il tomba sans connaissance, on l'emporta.

» Pendant deux mois, il courut les plus grands dangers ; sa place fut donnée à un autre ; et à peine entrait-il en convalescence, que le noble lord B..., à qui il avait servi de secrétaire et qui lui avait avancé vingt guinées la veille de son départ, le fit arrêter et mettre en prison pour dette.

» Sa première pensée fut de payer : il le pouvait ; mais, dégoûté du monde, il lui sembla sage de rester en cage. Jamais il ne parlait à personne et vivait seul dans une petite chambre : on l'avait baptisé du nom de *Misanthrope*.

» Il passa ainsi dix-sept ans; mais ayant appris par les journaux que lord B... était mort, et que ses fils avaient fait casser son second mariage, il paya sa dette et sortit de prison.

» Pendant huit jours, il chercha cette Julia qu'il avait tant aimée, et qui, comme il le disait, était descendue si bas après être montée si haut.

» Il la découvrit enfin, elle occupait une petite chambre dans une pauvre maison; les détails qui vont suivre m'ont été confiés par lui à la taverne.

« Regardez-moi, Julia, » dit-il; « est-ce qu'à ma vue il n'y a pas dans votre conscience quelque chose qui ressemble au remords? Je vous ai bien aimée, Julia, et je n'ai jamais aimé que vous; mais c'était pour le torturer que vous aviez accepté mon cœur; et les titres du grand seigneur vous ont fait oublier le bachelier? Rien n'est perdu; vous avez brisé ma vie; Dieu vous le rend, il ne vous reste plus que la honte... Voyez, je ne suis plus

qu'un être grossier, sauvage, sans foi, sans but,
vous avez tout tué en moi et vous ne pourriez
plus rien me rendre; il y a dix-sept ans que
mon idole est brisée; il y a dix-sept ans que
j'ai perdu ma religion. Vous êtes pauvre, plus
pauvre que moi, Julia; l'hôpital, la prison,
et après, un peu de place dans la fosse commune, voilà votre lot; allons, milady vous
avez bien joué, je suis vengé!...»

» Bill sortit; mais malgré sa rudesse, dès
ce moment il travailla pour deux, et chaque
matin, la veuve du lord trouvait à sa porte un
petit panier de provisions. Vingt fois elle voulut remercier son bienfaiteur; il fut inexorable et ne lui adressa plus la parole.

» Un jour qu'il venait, comme à son ordinaire, apporter ses provisions, il apprit d'une
voisine que Julia était à l'hôpital; un mois
après, il sut qu'elle était morte. Deux larmes
tombèrent sur ses joues, les seules qu'il eût
versées dans sa vie!

» A dater de ce jour, il devint paresseux et

buveur ; au bout de quelque temps, on le remit en prison, il prétendit que c'était le plus
beau moment de sa vie. Ce qu'il y a de certain, c'est qu'on n'avait jamais vu un homme
aussi insouciant ; on lui donna le surnom de
numéro vingt à cause de ses goûts, et il répondait parfaitement à ce sobriquet.

» Un jour, il lui prit fantaisie de voir la
rue ; un autre jour, fantaisie d'entrer au café :
c'est là que je l'ai connu. Le geolier, qu'il
amusait par son esprit, lui accordait beaucoup
plus qu'aux autres ; et Bill en abusa si bien,
si longtemps, qu'un soir il oublia la consigne.

— Savez-vous, n° 20, que si vous continuez
je vous renvoie, que vous avez fini votre
temps ? »

» Bill pâlit.

» Le lendemain, on le trouva mort, il s'était
pendu... : une lettre laissée dans sa poche
donna l'explication de ce suicide :

« Il faut à l'homme, » disait-il, « un but et
une passion dans la vie. Je n'avais plus de but

que le café, de passion que l'ale; on m'ôte
l'ale et le café : je finis par le suicide, Dieu
me pardonnera. Je n'aimais plus que la
prison, je suis menacé de la perdre, je prends
mon parti.   BILL.»

»Le lendemain, le pauvre bachelier fut porté
en terre, et depuis personne ne s'est pendu
de chagrin en quittant la prison.»

« Ce Bill avait un étrange caractère, Samuel.

— Et aussi de bien étranges goûts; n'im-
porte, c'est un homme qui eût pu aller loin
si l'hymen eût signé sa feuille de route.

— Tête faible et cœur fort, il a dû y avoir
bien de la souffrance dans son ironie; mais il
se fait tard, Samuel, allez chercher un lit
pour cette nuit près de la prison, et revenez
demain de bonne heure.

— Je coucherai là par terre, monsieur.

— Je ne le veux pas.

— Nous verrons demain.

— Oui, demain.»

Samuel sortit.

Dès qu'il se trouva seul, Pickwick éprouva un sentiment de tristesse qui redoubla lorsque ses bruyants et grossiers compagnons vinrent se coucher : c'étaient des hommes vieillis dans la débauche, la prison ne pouvait les effrayer, encore moins les corriger, l'isolement pourrait seul leur être salutaire.

Au point du jour, ils recommencèrent à jurer, fumer et boire ; c'était leur vie. Tandis qu'il était encore couché, une mouche vint se poser sur le nez de Pickwick, et il se demanda comment, étant libre, elle s'enfermait dans un lieu infect au lieu de voler au grand air? Tout naturellement, il conclut que la mouche est un insecte qui n'a pas l'usage de sa raison.

Samuel arriva dès qu'on put entrer dans la prison et sa vue fit du bien au savant; il est si bon de se sentir entouré d'une affection !

Après avoir changé de linge, Pickwick sortit de cette sentine impure, et entra, pour déjeûner, dans un petit cabinet attenant au café.

Le geolier y vint.

« Où serai-je logé ce soir?

— Au n° 27, monsieur; voici votre billet de chambre.

— Combien serons-nous là?

— Quatre seulement; un prêtre, un boucher, un paysan et vous.

— N'y aurait-il pas moyen d'être seul?

— Pardonnez-moi, vous aurez une jolie chambre meublée pour une guinée par semaine (plus de 100 francs par mois).

— Je consens à donner ce prix.

— Fort bien, je vais tout faire disposer, et vous serez là comme un vrai gentilhomme.

— Pourriez-vous aussi me procurer, dans la prison, quelqu'un qui fît mes commissions du dehors?

— C'est très facile, il y a justement dans le quartier des Pauvres un homme qui fera votre affaire, je vais vous l'envoyer.

— Non, non, j'irai moi-même le chercher; pour un observateur, le quartier des Pauvres doit être une chose à voir.»

Ainsi que son nom l'indique, le quartier des Pauvres est une partie de la prison habitée par des malheureux qui ont droit à une petite portion de nourriture payée par les legs ou les dons de la charité publique. Il y a quelques années qu'on voyait à la porte de la prison, dans une espèce de cage, un homme qui criait à tous les passants, en agitant une petite boîte : « Ayez pitié des pauvres prisonniers.» La cage, l'homme, la boîte, tout a disparu; mais au dedans c'est la même misère... Laissons vivre dans le code de nos lois, afin que la postérité en soit édifiée, cet article, qui veut « que le criminel endurci soit nourri et vêtu, tandis que le prisonnier pour dettes meurt de faim, s'il n'a pas les moyens de se nourrir.» Rien n'est exagéré dans ce fait, et peu de semaines se passent sans qu'un malheureux ne proteste, par une horrible agonie, contre notre système législatif.

Attristé de tout ce qu'il voyait, Pickwick entra dans la chambre qu'on lui avait désignée; mais il recula de surprise, il venait de reconnaître quelqu'un.....

Un homme sans habit, les cheveux en désordre, le teint hâve et la tête courbée par la souffrance, était assis sur une mauvaise chaise; un vieux pantalon et une chemise de couleur le couvraient; cet homme, c'était le comédien Jingle; derrière lui, on eût pu voir un individu qui, un fouet à la main, frappait sur le bout de son unique botte, comme un homme qui a des souvenirs de cheval; un vieillard, une petite fille assise à ses pieds; quelques hommes qui riaient et causaient composaient la chambrée.

« M. Pickwick! » s'écria Jingle en se cachant la figure.

«Oui, Pickwick qui oublie tout quand il

vous voit malheureux ; suivez-moi, je désire
vous parler.

— Vous voyez, j'ai vendu jusqu'à mon habit pour vivre, et maintenant il ne me reste
plus rien. »

Jingle se détourna pour verser des larmes.

« Consolez-vous, tout peut se réparer.

— Je suis un misérable, un lâche de pleurer ainsi ; mais il y a des besoins de nature,
et la faim... Ah! je l'ai bien mérité.

— Allons, allons, nous verrons ce qu'il est
possible de faire ; mais où est Job?

— Me voilà, monsieur.

— Prenez cela.

— De l'argent! Oh! mon Dieu, nous pour-
rons donc dîner. »

Jingle et Job remercièrent Pickwick, qui
les quitta pour prendre possession de sa nouvelle chambre. Samuel l'attendait et le regarda
avec une sorte d'admiration.

« Avez-vous vu mes amis, Samuel?

— Oui, monsieur, ils viendront demain ;

j'ai été surpris que ce ne fût pas aujourd'hui.

— Et les objets que je vous avais demandés?

— Les voilà.

— J'ai quelque chose à vous dire , Samuel.

— J'écoute, monsieur.

— La prison n'est pas un séjour convenable pour un jeune homme.

— Ni pour un vieux.

— Sans doute, mais l'âge donne plus de force pour résister au vice, et voici ce que j'ai décidé : tant que je resterai ici, je continuerai à vous payer vos gages, mais vous servirez un de mes amis ; vous comprenez qu'il ne convient pas qu'un prisonnier pour dettes se donne le luxe d'un domestique.

— Cela se voit tous les jours.

— Si le mal existe, je ne veux pas y contribuer ; ainsi, c'est convenu, Samuel ?

— Non, monsieur, non.

— C'est cependant ma volonté.

— Ce n'est pas la mienne, et je vous le prouverai. »

Samuel enfonça son chapeau et sortit d'un air
résolu ; Pickwick tenta en vain de le rappeler.

CHAPITRE X.

La Cour des insolvables est un tribunal institué, comme son titre l'indique, pour juger les faillis, les gens ruinés, les insolvables ou estimés tels. Chacun vient là déposer son bilan, livrer à la Cour l'actif qui est censé lui rester, et s'il est prouvé que ce qu'il donne est tout son avoir, un jugement décide que le tiers de la somme lui sera rendu pour aliments et que le reste se répartira entre ses créanciers, sauf à lui à payer intégralement tout ce qu'il doit, s'il fait de bonnes affaires, après quoi on le met en liberté.

Il paraît que les débiteurs ne font jamais de bonnes affaires, car pas un de leurs créanciers ne dit avoir été payé intégralement.

Ce jour-là, Weller se rendait à la Cour des insolvables, où l'un de ses amis, un cocher qui avait caché ses chevaux et sa voiture, devait se faire déclarer insolvable. Il y avait à peine un quart d'heure qu'il attendait, au milieu de la foule, lorsqu'un coup de poing donné sur son chapeau le lui enfonça jusque sur le nez ; il se retourne :

« Prenez donc garde.

— C'est vous, père ?

— Que venez-vous faire ici Samuel, et pourquoi frappez-vous si fort ?

— Je n'avais pas l'honneur de vous reconnaître, tellement vous étiez près de moi, je vous cherchais.

— Votre maître veut prouver l'alibi ?

— Il ne s'agit pas de cela. Avez-vous vingt guinées à mon service.

— Vingt guinées ?

— Je vous les rends dans une heure.

— J'allais payer du fourrage, j'irai plus tard, voilà votre argent.

— Maintenant vous allez sur-le-champ me faire mettre en prison pour dettes.

— Vous voulez être avec votre gouverneur ?

— Comme vous dites ; sans ça, pauvre mouton, ils le tondront.

— Je vous approuve.

— Ne perdons pas une minute, je suis pressé.

— Je voulais pourtant vous dire que la belle-mère va mal.

— Et le pasteur ?

— Son nez semble avoir pris tout le rouge pour lui ; sa figure est très pâle.

— Je ne l'aime pas ce pasteur-là.

— Vous avez raison, c'est un hypocrite, un faux dévot ; ces gens-là tuent la religion, Samuel; ce sont eux qui font les incrédules.

« — Nous parlerons de cela quand je serai en prison. »

Les formalités furent bientôt remplies, on arrêta Samuel, puis on le conduisit à la prison du *Fleet*.

Dès qu'il fut là, le fidèle serviteur se hâta de courir à la chambre de son maître, ôta son chapeau et se mit à sourire.

« Eh bien! mon bon Samuel, vous ne m'avez pas compris ce matin, je ne voulais pas vous faire de la peine, et je vais vous expliquer...

— Laissez-moi d'abord retenir un lit, monsieur.

— Comment?

— Je suis prisonnier.

— Vous?

— Pour dette aussi.

— Pour dette?

— Oui, et mon créancier ne me laissera sortir que le même jour que vous.

— Que voulez-vous dire ?

— Que si vous restez ici 40 ans j'y resterai aussi 40 ans ; et que si vous eussiez été à Newgate, ça m'aurait été égal d'y aller, à présent qu'on n'y met plus les criminels.

— Mon bon Samuel, votre dévouement me touche ; mais que je sache le nom de votre créancier.

— Inutile, monsieur, c'est un homme dur, intraitable. Il n'y a rien à faire avec lui, comme disait le prêtre qui tourmentait un mourant pour qu'il donnât son bien à l'Église.

— Et que répondait le mourant ?

— J'aime mieux le donner à ma femme.

— Il avait raison; mais, Samuel, vous pourriez m'être beaucoup plus utile en liberté, et cette dette est si peu de chose !

— Merci, monsieur, je préfère rester, au lieu de demander une faveur à un ennemi.

— Si on le paie, il n'y a point de faveur de sa part.

—Alors c'est moi qui la lui ferais, et je ne le veux pas.

— C'est un tort.

— J'agis par principe, monsieur, comme l'homme qui s'est tué par principe, vous savez.

— Vous détournez la conversation, je le vois.

—Je vais louer mon lit. »

Il sortit.

Samuel partagea la chambre d'un vieux savetier et, cinq minutes après, il fut aussi à l'aise que chez lui.

« Fumez-vous toujours quand vous êtes couché, mon vieux, » dit-il de son lit à son devancier.

— Oui, toujours, étourneau.

— Voulez-vous me permettre de vous demander pourquoi vous couchez sous la table?

— J'ai eu, toute ma vie, l'habitude d'un lit à quatre colonnes et ceci fait le même effet.

— Vous êtes philosophe.

— Pas trop. »

Il y eut un moment de silence, pendant lequel Samuel s'aperçut que la chambre n'était éclairée que par le feu de la pipe du savetier.

« Y a-t-il longtemps que vous êtes ici?

— Douze ans.

— Pourquoi resserrez-vous vos talents à cette étroite sphère? pourquoi ne dites-vous pas tout bonnement au lord chancelier que vous désirez sortir?

— Vous plaisantez? Que croyez-vous qui m'a ruiné?

— Des dettes ?

— Je n'ai jamais dû un sou de ma vie.

— Des procès ?

— Allez toujours.

— Ma foi, je ne sais pas.

— Eh bien! mon garçon, c'est un héritage qui m'a ruiné.

— Je voudrais bien qu'un légataire voulût travailler ainsi à ma perte.

— C'est un fait cependant. J'avais épousé la

parente d'un homme riche ; ma femme est morte, Dieu soit loué ; elle ne souffre plus, que le ciel ait pitié de son ame.

— Le vieux monsieur ?

— Parti aussi.

— Pour où ?

— Pour l'autre monde. C'était un brave et digne homme, il laissait après lui 5,000 livres.

— Noble caractère.

— A cause de ma femme, sa parente, il me léguait 1,000 livres par testament. Furieux de ce procédé délicat, ses neveux et nièces m'intentèrent un procès, firent casser le testament; je rendis les 1,000 livres, mais je fus condamné à payer les frais, et je suis en prison pour une somme de 10,000 livres. Quelques personnes avaient parlé de traduire cette cause au Parlement; on ne l'a pas fait, on s'est lassé de mes longues lettres, et il faut que, toute ma vie, je raccommode des souliers ici. Voilà la vérité, mon ami. »

Le savetier s'arrêta pour attendre une réponse, mais il n'entendit qu'un ronflement; et, après avoir soupiré, il s'endormit.

Le lendemain, Pickwick déjeûnait seul dans sa chambre quand ses amis entrèrent.

« Quelle joie de vous voir , mes chers disciples! Allons, pas de tristesse, je ne suis pas mal ici. Winkle, vous avez l'air tout pensif?

— Cependant...

— Oui, oui, vous avez une expression de physionomie qui ne vous est pas ordinaire. Vous voyez ce gros nigaud de Samuel, il s'est fait mettre en prison pour ne pas me quitter.

— Samuel est prisonnier ?

— Encore une fois, mon cher Winkle, qu'avez-vous ?

— La surprise... J'ai une absence de quelques jours à faire et j'avais pensé vous demander Samuel.

— Je voudrais pouvoir vous l'offrir , mais c'est impossible.

— Oh ! mon Dieu, oui, je le vois bien.

— Et où allez-vous?

— Che... chez des amis demeurant dans les environs.

— Vous me direz au moins....

— Oui, oui, plus tard. »

Ils avaient tant de choses à se dire que le temps vola pour eux; aussi furent-ils tout étonnés de voir paraître le dîner. Un gigot, un pâté et plusieurs plats de légumes le composaient; le porter était abondant, le vin exquis; chacun oublia la prison et mangea avec appétit, même Winkle.

La conversation était des plus animées, lorsque la cloche annonça qu'on allait fermer les portes; les trois amis se levèrent.

« Adieu, mon cher Pickwick, » dit Winkle avec émotion.

« Adieu.

— Si vous apprenez... »

— Venez-vous, » cria-t-on du dehors.

« Oui, oui, me voilà. Mon cher bienfaiteur, sachez... »

— Allons donc, » répétèrent les voix.

Winkle n'acheva pas sa phrase et sortit.

Pickwick le suivit des yeux avec étonnement et le vit s'arrêter encore avec Samuel, qui riait sous cape en l'écoutant. Le savant allait questionner son domestique, l'arrivée de Roker l'en empêcha.

« Je vous apporte un meilleur oreiller, monsieur.

—Voulez-vous prendre un verre de vin, geolier ?

—Vous êtes bien bon.

— Cela passe toujours, buvez.

—A votre santé.

— Merci.

—Savez-vous que le prisonnier dont vous occupez la chambre est bien malade?

— J'en suis fâché.

— Il paraît que c'est pour mourir.

—En vérité?

— Oui, depuis six mois la loi prolonge son agonie.

— Comment?

— Il lui aurait fallu le grand air pour guérir, et ici...

— Pourrai-je voir cet homme ?

— Oui, en montant, à l'infirmerie.

— Je vais m'y rendre. »

Cette infirmerie était une salle mal tenue dans laquelle il y avait plusieurs lits en fer, et sur l'un de ces lits le malade que Pickwick venait voir. C'était encore un jeune homme ; mais la douleur avait labouré ses traits et tracé de si longs sillons sur ses joues, qu'on eût dit un vieillard dans la caducité. Son teint avait la couleur livide et terreuse de la mort ; plus de rose sur ses joues, plus de feu dans ses regards, mais un pouls irrégulier et fébrile, une respiration douloureuse et bruyante ; enfin le râle d'un agonisant. Assis sur un tabouret, le savetier, compagnon de Samuel, lisait la Bible.

Pickwick se plaça derrière le chevet du lit pour observer le malade sans le déranger ; déjà sa pensée généreuse s'occupait des moyens à prendre pour rendre moins amers les jours de cette jeune vie ; l'agitation soudaine du malade le rappela au moment présent.

« De l'air, » dit-il, « de l'air. »

On ouvrit les fenêtres, il prêta l'oreille.

« Entendez-vous le bruit des voitures, la voix de la foule ? Écoutez.., un refrain arrive jusqu'à nous : *god save the king* (Dieu sauve le roi) ! Oh ! que Dieu sauve aussi le pauvre malade ou qu'il le fasse mieux mourir...

»De l'air, des parfums, un beau ciel au loin, une main aimée à presser, un regret à laisser, un nom à dire pour dernière parole, c'est préluder par la mort à l'immortalité, c'est bénir ; mais avoir pour dernier asile une prison, pour reposer sa vue un mur gris, pour rafraîchir sa poitrine un air épais, ah ! c'est appartenir à l'enfer, c'est maudire.

— Calmez-vous, » dit son lecteur au malade en lui prenant les mains.

« Me calmer quand j'ai tout perdu ? quand

mon enfant est mort sans qu'il m'ait été donné de recevoir son dernier soupir ? ah! vous, mon ami, qu'un arrêt égal a mis à la même chaîne, vous qui m'avez vu souffrir et languir, ne comprenez-vous pas le blasphême ?

— Ces vingt ans de douleur vous seront comptés au ciel.

— Vingt ans dans ce tombeau! vingt ans! Ah! qui sait encore dans le monde si j'existe? . . . . . Mon Dieu! mon Dieu! de l'air, donnez-moi de l'air. »

Sa respiration devint plus gênée, sa tête retomba sur le traversin, il joignit les mains, parut prier et ferma les yeux.

« Il dort, » dit le savetier.

« Il est mort, » répondit le geolier.

« Dieu soit loué, » ajouta Pickwick ; « il ne souffre plus... Semblable à ces lampes qui, avant de s'éteindre, jettent une vive lumière, il a réuni ses dernières forces pour mourir ;

mais l'ame seule soutenait la lutte, voyez son corps..., c'est un cadavre... »

Pickwick s'éloigna tristement de ce lieu et regagna sa chambre. La scène dont il venait d'être le témoin l'avait vivement touché.

CHAPITRE XI.

Quelques jours après son emprisonnement, et lorsqu'il eut mis en ordre la chambre de son maître, Samuel descendit dans la cour pour boire une pinte de porter ; il venait de la demander et regardait tranquillement faire une partie de volant quand plusieurs voix l'appelèrent à la fois.

« Qu'est-ce qui m'appelle? le feu est-il à la maison?

— Samuel! Samuel!

— C'est vous, père?

— Oui.

— Pourquoi criez-vous si fort?

— Pour mieux me faire entendre, mon enfant.

— Vous répondez là comme le loup au petit chaperon , vous savez l'histoire?

— Laissez là votre histoire, et parlons de vous.

— Mais voulez-vous rester à cette place?

— Puisque vous y êtes.

— Je ne loge pas sur un escalier, entrez.

— Je craignais, Samuel, qu'on ne vous eût envoyé à *Regent-Park* pour vous faire changer d'air.

— Pas de mauvaise plaisanterie ; mais venez ici que je vous brosse avec mon poing, vous avez le dos tout blanc.

— Oui, brossez-moi; le blanc est l'emblême de l'innocence, ça n'irait pas ici.

— C'est à vous que ça n'irait pas?

— Tiens, il est drôle. A propos, n'avez-vous rien à me faire boire?

— Que prendriez-vous?

— Un verre de rhum.

— On n'en laisse pas entrer.

— C'est désagréable.

— Patience, nous avons les boutiques clandestines qu'on appelle *sifflantes*.

— Pourquoi sifflantes?

— Peut-être parce qu'on siffle pour appeler le marchand, peut-être parce qu'on dit *siffler* pour boire; *siffler un verre de vin*, c'est plus musqué, plus gentilhomme qu'avaler.

— Je suis toujours surpris de vous voir si savant, Samuel; vous me faites honneur, mon garçon. Mais pourquoi se cacher pour vendre du liquide?

— On se cache et on ne se cache pas. Il est défendu au concierge de vendre ou de laisser entrer des liqueurs; or le concierge a tou-

jours pitié des prisonniers qui paient bien.
Il ne vend pas, mais il laisse vendre moyen-
nant une somme qu'on lui glisse dans la main
tout doucement, sans faire de bruit.

— Et si un inspecteur arrive?

— On le sait d'avance, les liqueurs sont
cachées, cet usage est établi maintenant dans
toutes les maisons pour dettes. Par exemple,
si un prisonnier apporte de l'eau de vie, de la
liqueur, on confisque; il ne faut pas porter
préjudice à un établissement.

— Quelle bêtise !

— Le réglement, il faut observer le réglement, père.

— Laissez-moi donc tranquille, c'est plus
élastique que du caoutchouc, un réglement.

— Ça ne regarde pas le prisonnier.

— Comment se porte votre gouverneur,
Samuel?

— Comme un homme se porte, sur deux
pieds.

—Sa santé, je veux dire.

— Pas mal.

— A-t-il pensé à l'alibi?

— L'affaire est jugée, il n'y a plus moyen.

— J'ai eu une autre idée.

— Voyons.

— Un piano.

— Hein?

— Un piano. Un de mes amis est dans la confidence.

— Vous êtes si clair que je n'y vois goutte.

— Il ne faut pas qu'on y voie rien non plus. M. Pickwick demande un piano, mon ami le menuisier et moi nous en apportons un qui n'a pas de clavier, une grande caisse enfin. Peu de jours après, M. Pickwick dit : Je ne veux plus de ce piano. Je reviens avec mon ami, nous le mettons dedans et...

— Pour l'étouffer?

— Il a de l'air par les trous des pédales, ças'est déjà fait.

— Ça ne vaut rien.

—On pourrait encore le déguiser en femme avec un voile vert.

— Le piano vaudrait mieux.

—Vous auriez un passeport pour les États-Unis, et le gouvernement américain, quand il verrait qu'il y a de l'argent, se garderait bien de renvoyer l'homme.

— Où ça le menerait-il?

— A rester en pays étranger jusqu'à la mort de madame Bardell et de ces Dodson et Fogg qui seront pendus au premier jour ; à son retour, il écrirait un long ouvrage contre les Américains, et il en tirerait tant d'argent que ses frais de voyage seraient plus que payés, je vous en réponds.

— Père, taisez-vous, on nous regarde.

— C'est juste, il ne faut pas éveiller de soupçons; d'ailleurs les attroupements sont défendus, je me retire, mais communiquez mon idée au gouverneur en lui présentant mes respects. Le piano, Samuel, le piano...

— Vous êtes en train de dire des bêtises.

— Fils irrespectueux, vous faites dresser les cheveux de mon front chauve.

—Voilà qu'on vous ouvre la porte, adieu. »

Weller serra la main à son fils et sortit, Samuel remonta dans la chambre de son maître.

« Samuel, » dit le savant, « je vais faire une tournée dans la prison, suivez-moi.

— Oui, monsieur.

— Reconnaissez-vous les deux hommes qui viennent de notre côté?

— Je n'ai pas cet honneur-là.

— Regardez-les bien.

— Il m'est impossible de dire qui c'est, mais je les ai vus quelque part.

— Chut, les voilà. »

Comme Pickwick achevait ces mots, Jingle et Job s'approchèrent. Déjà le comédien paraissait moins misérable; il était vêtu proprement, mais il se soutenait à peine.

« Donnez-moi votre bras, » lui dit son bienfaiteur.

« Non, monsieur, non, je ne suis pas digne de cet honneur.

— Allons, allons, ne cherchez pas à me donner de l'orgueil. »

Depuis quelques instants, la figure de Samuel exprimait la plus grande surprise; ses yeux allaient de Jingle à Job et de Job à Jingle avec une extrême rapidité : il croyait rêver...

« Comment vous portez-vous ? monsieur Weller, » lui demanda timidement Job.

« Quoi ! c'est vous, c'est bien vous?

— Les choses ont cruellement changé, monsieur Weller.

— Il paraît, et ce changement n'est pas pour le mieux, comme disait le monsieur à qui on avait rendu deux mauvais schellings sur une demi-couronne.

— Les pleurs coulent tout de bon, monsieur Weller; voyez mes bras, voyez mes joues.

— Mais qu'avez-vous donc fait pour être si maigre?

— Rien.

— Comment rien ?

— Oui, il y a bien des semaines que je ne fais rien et que je ne mange guère plus.

— Venez avec moi.

— Où ça ?

— Venez toujours. »

Ils entrèrent dans le café de la prison.

« Garçon, une pinte de porter.

— Comment, monsieur Weller, vous voulez ?...

— Que vous leviez le coude et que vous avaliez jusqu'à la dernière goutte; là, très bien ; c'est bu.

— Ça réchauffe.

— En boiriez-vous un autre?

— Non, non, mon estomac ne pourrait pas le supporter.

— Comment vous trouvez-vous maintenant?

— Mieux, merci.

— Vous accepterez quelque chose de plus solide ?

—Oh! grâce à votre excellent maître, nous avons au four un gigot aux pommes de terre.

— Il a déjà pensé?...

— A tout, monsieur Weller ; nous avons maintenant une chambre, et pour reconnaître le bien qu'il nous fait, je voudrais pouvoir le servir ma vie durant.

— Il n'a pas besoin de vous, mon cher, et personne que moi ne le servira.

— C'est un ange que cet homme.

— Je n'ai jamais entendu dire ni lu dans la Bible que les anges portassent des guêtres, des culottes et même des lunettes ; mais certainement il a une vraie nature d'ange, et j'arrache la langue à quiconque oserait dire le contraire ; mais venez, remontons, on peut avoir besoin de nous. »

Au moment où ils rejoignirent leurs maîtres, Pickwick disait à Jingle :

« Nous verrons comment ira votre santé, puis nous songerons au reste. Quand vous en aurez la force, écrivez-moi tous ces détails, je prendrai vos notes et nous en causerons quand vous aurez réfléchi. Rentrez, vous êtes fatigué, il est temps de vous reposer. »

Jingle salua, fit signe à Job de ne pas le suivre et parut absorbé par une seule pensée.

Pickwick fit alors le tour de la prison et remarqua chez tous les détenus cet air inquiet et triste que donne le désœuvrement. Ce qu'il avait vu de douleur d'une part et de vices de l'autre lui fit prendre la détermination de ne plus sortir de sa chambre et d'essayer ce qu'une entière solitude produirait sur lui. Ce parti pris, il fit dire à ses amis de ne plus venir le voir. Seulement le soir, quand les prisonniers étaient rentrés, il faisait un tour pour changer d'air; mais, excepté Samuel, il ne voyait personne, et comme Dieu, il se cachait pour faire le bien.

CHAPITRE XII.

Vers la fin du mois de juillet, un cabriolet s'arrêta à la porte de madame Bardell; Jackson, le clerc de Dodson et Fogg, en descendit.

« Qu'est-il survenu ? » demanda la veuve ; « M. Pickwick consent-il enfin à payer?

— Il s'agit, en effet, de payer, madame, et

je venais vous prier d'avoir la bonté de vous
rendre chez mes patrons.

— Quel jour? monsieur, quel jour?

— A l'instant, si c'est possible; j'ai amené
un cabriolet exprès.

— Ces messieurs sont bien bons, et je ne
veux pas les faire attendre.

— Ils savent bien qu'on peut compter sur
vous.

— Vous prendrez quelque chose, monsieur
Jackson?

— Il se fait tard, je préfère...

— Fort bien, je vous comprends; le temps
de mettre mon schall, mon chapeau et je suis
à vous. »

Cinq minutes après, madame Bardell tra-
versait les rues de Londres en cabriolet.

« Vous avez fait une reconnaissance pour
frais à Dodson et Fogg, n'est-ce pas, madame?

— Seulement pour la forme, monsieur.

— Oui, oui, j'entends; mais voici que
nous arrivons.

— Quoi! déjà à *Freeman's-Court?*

— Non pas à *Freeman's-Court*, mais ailleurs.

— Pourquoi ailleurs?

— N'ayez aucune crainte, c'est une simple formalité; prenez la peine d'entrer.

— Où sommes-nous, monsieur Jackson?

— Je vais vous le dire, madame. Vous connaissez la délicatesse de mes patrons? Il était de leur intérêt de vous faire arrêter, et ils ont dû y souscrire; mais ils ont tout fait avec ménagement, et ce doit vous être une consolation. Là dessus je vous salue bien, vous êtes à la prison de *Fleet*.

— En prison? oh! mon Dieu, mon Dieu, où cacher ma honte? »

Jackson sortit sans répondre, le geolier fit entrer madame Bardell.

En traversant la cour, elle aperçut Samuel et se cacha la figure.

« Que vient-elle faire ici ? » demanda le valet au geolier.

« Ce que vous y faites ; Dodson et Fogg ont obtenu contre elle une prise de corps.

— Madame Bardell arrêtée ? Si je ne me trompe, nous allons avoir du nouveau. »

Et Samuel se mit à appeler Job. « Job Trotter, par ici, mon garçon.

— Qu'y a-t-il, monsieur Weller ?

— Courez chez M. Perker ; dites-lui que les Dodson et Fogg ont fait arrêter la veuve Bardell ; qu'il faut que je le voie, que je lui parle, entendez-vous ?

— Je n'y manquerai pas.

— Allez vite.

— Je courrai tout le long du chemin. »

Et Job se mit au trot, suivant tantôt le milieu, tantôt le côté de la rue pour varier les plaisirs de sa course. Arrivé chez M. Perker, il s'acquitta fidèlement de sa commission et s'aperçut du plaisir que cette nouvelle causait à l'avoué.

« Mon garçon, » dit Perker, « vous allez prévenir les disciples de M. Pickwick, afin qu'ils se rendent demain, vers midi, à la prison pour me seconder; vous les instruirez de ce qui se passe et vous leur recommanderez d'être exacts.

— Oui, monsieur.

— Il est inutile que vous alliez chez M. Winkle, je l'ai vu ce matin, et comme je lui dois une réponse, je le préviendrai en même temps.

— Je peux partir?

— Quand vous voudrez.

— Bonsoir, monsieur.

— A propos, il sera trop tard pour que vous rentriez ce soir à la prison; où coucherez-vous?

— Dans un grand panier au marché.

— Mais... »

Perker n'eut pas le temps d'en dire davantage, Job était loin...

Le lendemain, l'avoué fut de parole, et à

dix heures il frappait à la porte de Pickwick.

« Entrez, » dit le savant.

M. Perker entra.

« Bonjour, mon cher prisonnier, comment vous portez-vous ?

— Assez bien, et vous.

— Toujours à merveille. Vous avez imposé une consigne sévère à tous vos amis, mon cher savant, je l'ai violée aujourd'hui pour deux raisons : d'abord parce que j'avais besoin de vous voir; ensuite, parce que j'avais besoin de vous parler.

— Quels sont ces papiers que vous tenez à la main ?

— Ceux de votre affaire.

— Je vous prie de ne pas m'en fatiguer encore.

— Vous n'êtes pas poli, mais je vous passe cela. Savez-vous que la veuve Bardell est ici ?

— Samuel me l'a dit.

— Doit-elle y rester longtemps ?

— Demandez-le à Dodson et Fogg ; cela dépend d'eux.

— Non , cela dépend de vous.

— De moi?

— Oui , entièrement.

— Vous me feriez devenir fou.

— Je le répète , si vous payez les frais, elle est libre ; si vous persistez, elle reste en prison. Avant de venir vous parler, j'ai vu cette femme, et je peux vous assurer qu'elle est bien honteuse de ce qu'elle a fait ; si vous payez les frais, elle consent à...

— Monsieur Perker, je vous en prie, restons-en là.

— Si vous l'exigez, j'y consens. Êtes-vous occupé? ne vous gênez pas , rien ne me presse; j'ai là mon journal, je vais le lire en vous attendant.

— Voyons, voyons, parlez, puisqu'il n'y a pas moyen de l'éviter.

— La veuve Bardell offre de m'écrire une lettre dans laquelle elle déclarera que cette

affaire a été commencée et poursuivie par
Dodson et Fogg, qui ont spéculé sur les chan-
ces de succès.

— Mais Dodson et Fogg ne sont pas allés la
trouver les premiers?

— C'est un tort dont elle s'accuse avec
chagrin.

— Je n'en crois rien.

— J'ai vu couler ses larmes.

— Une femme en a toujours à son service.

— Vous êtes injuste. Songez donc que cette
lettre sera dans vos mains un titre précieux.

— Croyez-vous que je veuille plaider contre deux misérables?

— Non, mais il sera publiquement prouvé
qu'ils ont employé l'intrigue et agi avec mauvaise foi. Le jury vous a condamné; à tort ou
à raison sa sentence s'exécute, et vous êtes
sous les verrous. Les frais sont peu de chose
pour votre bourse, et si vous persistiez à re-
fuser de les payer, on ne manquerait pas de
dire que vous y mettez de l'entêtement; on

irait plus loin, on dirait que vous avez un
mauvais cœur.

— Monsieur...

— Dans ce moment, je suis public, et j'a-
joute qu'on vous trouverait cruel de priver
une mère de son enfant, de la tenir dans un
lieu qui a tant de dangers pour une femme. »

Pickwick soupira.

« Et votre fidèle serviteur, ce bon Samuel,
avez-vous le droit de le claquemurer ici?

— Monsieur Perker, vous êtes bien cruel.

— Allons, mon ami, vos utiles travaux vous
réclament, et votre santé exige que vous cé-
diez à mes vœux. Savez-vous que non seulement vous avez à répondre de vous, mais de
vos disciples qui souffrent de votre absence,
et qui vivent sans gloire depuis que vous êtes
ici?

— De grâce, ne cherchez pas...»

Pickwick fut interrompu par Samuel.

« Que voulez-vous, Samuel?

— Monsieur, c'est une dame qui désire....

— Une dame! je n'ai rien à faire avec les dames.

—Ne dites pas cela trop haut, elle est là tout près, et si vous saviez qui c'est, vous seriez plus empressé...

— Son nom?

— Voulez-vous la voir? j'ouvre la porte, regardez.

— Miss Allen!

— Non pas miss Allen, mais madame Winkle, » répondit la jeune femme en se jetant dans ses bras.

Winkle parut :

« Mon ami, » s'écria l'humble disciple, « me pardonnerez-vous d'avoir pu songer au bonheur quand vous étiez en prison?

— C'est ma faute, j'ai refusé de vous voir, de vous entendre; mais comment et quand s'est fait ce mariage?

— Il y a trois jours seulement.

—Trois jours? pourquoi avoir tant attendu?

— Parce que, pendant longtemps, je n'ai pu

décider Arabelle, et ensuite parce que nous ne pouvions trouver un moment favorable.

— Et votre frère, quelle a été sa conduite dans cette circonstance, ma chère enfant?

—Hélas! monsieur, il ignore mon mariage, et il est si emporté que je le redoute beaucoup.

— Ainsi Winkle vous a enlevée? »

La jeune femme baissa les yeux. « C'est malheureux, bien malheureux...

— Nous comptons sur vous pour arranger cette affaire, mon bon monsieur Pickwick.

— Vous oubliez que je suis en prison?

— Non, mais nous espérons que vous en sortirez par amitié pour nous.

— Heu!

—Mon frère ne cédera qu'à votre voix.

— Vous m'embarrassez.

— Que nous vous devions le bonheur.

— Petite Sirène...

— Songez que M. Winkle le père est fort irrité contre son fils, qu'il n'a pas voulu lui donner son consentement; que nous sommes perdus sans vous.

— Oh! mon Dieu! mon Dieu! pourquoi êtes-vous venus? »

La porte s'ouvrit, Tupman et Snodgrass entrèrent. « Mais vous vous êtes donc donné rendez-vous ici?

— Comme vous dites, » répondirent-ils. Arabelle redoubla ses prières, tous les amis entourèrent Pickwick, à qui Samuel présenta son chapeau et sa canne; il n'y eut pas jusqu'à Marie, devenue femme de chambre de madame Winkle, qui ne joignit les mains en suppliant.

Perker fit l'état des frais, obtint une libération; et, vaincu par tant d'instances, notre héros se décida à sortir de prison.

Samuel, qui avait son acquittement en poche, se mit à courir comme un fou dans la cour, dans les galeries, en jetant des cris de joie. Il acheta vingt-cinq litres de demi-porter, les fit distribuer aux plus pauvres et serra la main affectueusement au savetier, en lui disant adieu.

La nouvelle du départ de Pickwick fut un sujet de tristesse pour les malheureux qu'il soulageait; tous se présentèrent sur son passage pour le bénir, et Jingle ne fut pas des derniers.

« Perker, » dit Pickwick en l'apercevant, voilà M. Jingle, dont je vous ai parlé.

— C'est bien, j'aurai le plaisir de le revoir demain.

— Voici son fidèle serviteur Job, vous le connaissez?

— Oui, oui, je penserai à lui. »

Les prisonniers s'inclinèrent; Pickwick sortit le cœur serré, il était profondément ému de laisser tant de misères derrière lui. Ses amis firent tous leurs efforts pour le distraire, et célébrèrent en commun sa mise en liberté.

La soirée fut courte; on convint des moyens à prendre pour réconcilier Winkle avec son père, et Arabelle avec Benjamin; il fut décidé que Pickwick partirait le lende-main matin pour Bristol, avec Samuel, puis **on** se souhaita le bonsoir, et chacun songea au repos.

CHAPITRE XIII.

Benjamin, Allen et Robert Sawyer étaient à table dans le laboratoire de la pharmacie, et s'entretenaient du produit de la clientèle.

« Il me semble, » disait Benjamin, « que les affaires vont bien?

— Oui, les pauvres gens me font appeler à toute heure du jour et de la nuit, mais ils ne me paient pas ; aussi plus j'ai de pratiques, plus je perds.

— Il faudra vous rendre maître des mille livres d'Arabelle.

— Je ne demanderais pas mieux ; mais elle ne m'aime pas.

— Il faut qu'elle vous aime ; pourquoi ne lui avez-vous jamais parlé de mariage ?

— Parce que je sais que j'aurais un refus, et que, pour un joli garçon, c'est pénible à entendre.

— Diable de petite fille, ça n'a pas le sens commun ; j'entends qu'avant vingt-quatre heures elle vous ait accepté.

— C'est une folie.

— Nous verrons. »

Ils en étaient là de leur conversation, lorsque la tante de Benjamin entra ; elle venait annoncer à ce dernier la fuite de sa sœur.

On juge de l'effet que produisit cette nouvelle inattendue, et de l'indignation que témoignèrent les deux amis.

« Je le tuerai, » s'écria Benjamin.

« J'en mourrai de chagrin, » ajouta Robert, qui avait sur sa conscience trois énormes tranches de pâté froid. Dans ce moment, la porte s'ouvrit, Pickwick et Samuel entrèrent.

« Monsieur Pickwick, mon ami Pickwick, ma sœur, mon indigne sœur !

— Eh bien ! votre sœur?

— Où est-elle la malheureuse, qui sait où elle est?

— Calmez-vous, tranquillisez-vous, tout cela s'arrangera pour le mieux.

— Comment, vous sauriez?

— Mais certainement, et si madame veut me le permettre, je vais...

— Parlez, je vous en conjure, madame est ma tante, elle permet tout ce que vous voudrez.

— Eh bien ! votre sœur est à Londres; son bonheur et celui de son mari sont assurés.

— Son bonheur m'est bien indifférent;

quant à celui de son mari, c'est à douze pas
de distance, et avec un pistolet, que je lui
prouverai combien il m'intéresse; mais son
nom, que je sache son nom!

— Il vaut le vôtre, jeune homme.

— Encore une fois, son nom?

— Nathaniel Winkle.

— Winkle! oh! l'infame! »

Et Benjamin brisa ses lunettes de colère;
mais la tante, qui n'avait pas les mêmes raisons d'humeur, dit qu'elle pardonnait tout,
et que si Benjamin tenait à son estime et à son
héritage, il suivrait son exemple.

Il n'y a rien de plus respectable qu'une
tante qui parle au nom d'un héritage; aussi
Benjamin se calma; et, comme Robert n'avait
pas un amour tenace, il eut bientôt pris son
parti, et, un quart d'heure après, les choses
allaient le mieux du monde.

Il fut convenu que Benjamin partirait avec
Pickwick pour Birmingham, où habitait le
père de Nathaniel Winkle; c'était encore là

une mission délicate à remplir; mais le dévouement de notre héros ne connaissait pas de sacrifices, il ne savait rien faire à demi....

Le lendemain, Pickwick monta en voiture et se fit conduire chez Robert pour prendre Benjamin; quelle ne fut pas sa surprise de trouver la pharmacie fermée. « De deux choses l'une, » se dit-il, « ou ce jeune homme a fait banqueroute, ou il est mort. » Comme il achevait sa phrase, Robert parut en habit de voyage.

« Que vous est-il donc arrivé? » lui demanda Pickwick.

« Rien, absolument rien; tout va pour le mieux, et je suis du voyage.

— Vous?

— Oui, moi; attrapez cela, Samuel.

— Mais, mon cher monsieur, je crois qu'il est inutile que vous abandonniez vos affaires pour venir avec nous; même la chose me paraît peu convenable.

— C'est justement ce qui la rend piquante.

— Et vos affaires?

—Elles ne prennent aucun soin de moi, je les laisse prendre soin d'elles.

— Laisser vos malades ainsi ?

— Pourquoi pas; ce sera une économie, ils ne me paient jamais.

— Mais il n'y a place ici que pour deux.

— Aussi je compte me mettre derrière, à côté de Samuel.

— Votre pharmacie m'inquiète.

— Laissez donc, je vais mettre l'écriteau que voici : Robert Sawyer, successeur de M. Nockmorf, s'adresser vis à vis chez madame Cripps, c'est la mère de mon élève. On entre chez elle. « M. Sawyer? — On est venu le chercher pour assister à une consultation des premiers médecins du comté; on ne pouvait se passer de lui, on voulait l'avoir à tout prix; il s'agit d'une opération des plus extraordinaires. »

« J'attends un grand bien de ce moyen, et je me promets de l'employer souvent; si la

nouvelle peut arriver jusqu'aux oreilles d'un
journaliste, ma fortune est faite. »

Et Robert, après avoir mis son écriteau,
ouvrit la portière, baissa le marchepied, fit
monter son ami, se plaça derrière; on partit.

Tant qu'ils furent dans la ville, le pharmacien garda ses lunettes et son sérieux;
mais, une fois hors de là, il se livra à toute
l'étourderie de son caractère.

« Je voudrais bien savoir, » dit Pickwick,
en s'arrêtant tout à coup au milieu d'une conversation sérieuse, « pourquoi les passants
nous regardent en riant? Voyez, Benjamin,
ils font signe derrière, il y a quelque chose
d'étrange assurément.»

Le savant mit la tête à la portière, et parvint
à voir Robert qui, assis sur l'impériale, avait
les jambes d'ici et de là. Le chapeau de Samuel était sur sa tête; derrière le siége, au
bout d'une canne, flottait un drapeau rouge,
et Robert buvait, à une bouteille de cuir, quelque chose qui paraissait fort de son goût.

« Monsieur Robert, » lui cria Pickwick, « monsieur Robert, voyez donc comme on nous regarde.

— Oui, monsieur, je vois.

— Finissez, je vous en prie.

— Je finis. »

Et il avala la dernière bouchée d'une énorme sandwich (tartine au beurre et au jambon).

Pickwick rentra la tête, on n'entendit plus rien; mais, au bout de quelques instants, un corps noir se balança devant la portière, c'était la bouteille de cuir qui pendait par une ficelle au bout d'une canne.

« Qu'est-ce que cela? » dit le savant.

« Je pense que c'est une bouteille, » répondit Benjamin; « pour lui jouer un tour, prenez-la, elle contient du rhum.

— Vous avez raison; mais je ne suis pas sûr que ce soit du rhum; je vais déguster.

— Est-ce du rhum ?

— Je crois que oui, je vais mieux m'en assurer.

— Eh bien?

— C'est du rhum, goûtez.

— Heu! je crois qu'il n'en reste guère.»

La voiture s'arrêta pour relayer.

« Nous dînons ici,» dit Robert.

« Il n'est que onze heures et demie.

— C'est juste; nous y prenons un second déjeûner. »

On déjeûna là, on dîna plus loin, et l'on but si bien, que Pickwick s'endormit. Il ne se réveilla qu'à Birmingham, au bruit répété des marteaux frappant sur l'enclume et de l'activité qui distingue une ville manufacturière.

Dès qu'il fut descendu de voiture, notre héros se rendit chez M. Winkle; mais le petit vieillard n'était pas facile à mener; et soit que l'air de Robert et de Benjamin lui déplût, soit que réellement le mariage de son fils ne lui convînt pas, il ne donna aucune

bonne raison à Pickwick, et se contenta de
prendre l'adresse de son fils, disant qu'il
voulait réfléchir, qu'il écrirait, qu'une chose
aussi grave ne se traitait pas légèrement, etc.
Pickwick se retira fort mécontent de son
message et de ses compagnons, il se coucha
sans souper, et eut de l'humeur lorsque, le
lendemain, il vit le ciel chargé de nuages ; la
pluie tombait par torrents, il n'y avait pas
moyen de se mettre en route, il prit le parti
de rester et se contenta d'écrire à Winkle.

Le soir, au moment où il allait se mettre à
table, il vit entrer le rédacteur de la *Gazette
d'Eatanswill*, M. Pott.

« Eh quoi ! mon cher ami, » s'écria-t-il,
« vous ici ?

— Chut ! ne me nommez pas ; nous sommes
dans une ville de buffs, la populace y est à
craindre, elle s'ameuterait contre moi.

— Et que venez-vous y faire ?

— Mes importants travaux politiques...

— Ah !

— Il y a, ce soir, un bal de buffs.

— Quel rapport cela a-t-il ?

— Beaucoup, toute la politique est là, mon cher. Avez-vous suivi ma polémique avec l'*Indépendant*?

— Mes affaires personnelles m'ont ôté ce plaisir.

— Il faut lire ça, j'ai la *conviction* que vous en serez content.

— Les articles sont de vous?

— Non; les derniers sont de mon critique, un homme que je forme...

— Quel est leur titre?

— *Revue littéraire, métaphysique, mathématique des Chinois;* un travail fort difficile.

— Je le crois.

— J'ai la *conviction* que l'auteur n'en serait pas venu à bout sans mon secours ; il a puisé ses matériaux dans l'*Encyclopédie britannique.*

— Je ne croyais pas que cet excellent ouvrage contînt aucun renseignement sur la métaphysique de la Chine.

— Il a pris l'article métaphysique à la lettre M, celui de la Chine à la lettre C, et il a fait du tout une chose remarquable, que les autres feuilles ont reproduite.

— Vous m'étonnez!

— J'ai la *conviction* que notre journal est lu par des hommes très judicieux, des rentiers, des employés de la douane, des marchands de coton, des notabilités enfin.

— Et votre antagoniste?

— Il est plus méprisable que jamais, c'est un homme perdu; le nombre de ses abonnés augmente, mais il se traine dans la boue, il est pour la populace, pour les petites gens.

— Le dîner est servi,» cria Robert de la salle voisine.

« Vous dinez avec nous, monsieur Pott?

— Volontiers.»

Ils entrèrent.

« Ces messieurs sont mes amis; voici le beau-frère de Winkle.

— Winkle est marié?

— Bien légalement marié.

— Il n'a que ce qu'il mérite.

— Et madame Pott?

— Elle voyage pour sa santé, avec mes revenus, il y a déjà longtemps.»

Tandis que ceci se passait dans la salle à manger, un petit homme, rouge de colère, entra dans la cuisine de l'hôtel, et demanda s'il pouvait avoir une chambre.

— Oui, monsieur,» répondit l'hôtelier.

« Est-ce que vous ne me reconnaissez pas?

— Je ne pense pas avoir eu encore l'honneur de vous voir.

— Mon nom est Slurk.

— Fort bien, monsieur, je tâcherai de me le rappeler.

— Est-ce que vous ne devriez pas le savoir? est-ce qu'à mon arrivée la foule n'aurait pas dû me complimenter, venir à ma rencontre, faire sonner les cloches?

— Milord...

— Il n'y a pas de milord; je suis le rédac-

teur en chef de l'*Indépendant,* votre drapeau
à vous tous, gens du peuple ; un journal qui
tient l'épée aux reins du gouvernement que
vous devriez payer double, quoiqu'il vous
fasse mettre en prison.

— Monsieur, j'ignorais...

— Parbleu, je le sais bien ; vous êtes tous
des ignorants ; puis-je me sécher ?

— Monsieur est mouillé ?

— Je coule comme une gouttière, et vous
me demandez si je suis mouillé ? faites-moi
servir à dîner.

— Veuillez passer dans la salle à manger. »

Le rédacteur entra courroucé contre son
parti, qui le laissait ainsi arriver *in petto.*
Dès qu'il l'aperçut, Pott jeta un cri et se leva
involontairement.

« Qu'avez-vous ? » lui demanda Pickwick.

« Un reptile. »

Notre héros crut que son ami avait aperçu
un lézard ou un ver de terre, et il regarda sur
la table, puis sous la table.

« Quoi, vous ne voyez pas?

— Non.

— Mon ennemi, mon infame ennemi,
l'*Indépendant*.

— Oui, vous l'avez dit, gros bœuf,» répliqua Slurk, « je suis sinon votre ennemi,
du moins votre antagoniste, et je soutiens que
vos articles n'ont pas le sens commun.

— Vous l'entendez, messieurs? faites-moi
le plaisir de lire mes derniers numéros, les
huit derniers seulement, je les ai là.

— Ah! ah! huit de ses numéros; mais qui
voudrait se donner une telle indigestion de
gazette? Messieurs, je vous prie de ne pas
l'écouter, et de lire l'*Indépendant* d'hier,
rien que cela.

— Oui, lisez, si vous voulez avoir une idée
de ce que peut écrire en style vulgaire, plat
et incorrect, ce menteur, ce bavard, ce...

— C'en est trop.»

Slurk jeta un verre à la tête de Pott, qui
esquiva le coup, et vint saisir son adversaire

au collet. Un combat au pugilat allait s'en-
suivre ; mais Pickwick se jeta entre eux et
appela Samuel à son secours. Le fidèle valet
accourut, et prenant un petit sac de farine qui se
trouvait sur la table, il en coiffa M. Pott, qui
n'y vit plus d'aucune couleur ; s'emparant
ensuite de l'*Indépendant*, il le mena si bien
et si vite qu'en une seconde il fut hors de la
salle à manger.

« Vous m'avez abîmé, » lui dit Pott.

« Les journalistes sont cependant habitués
à jeter de la poudre aux yeux ?

— C'est vrai, mais ils n'ont pas l'habitude
d'en recevoir.

— Ni celle de se battre, je crois.

— Dès demain, je recommence un combat
à outrance. »

Lui et Slurk recommencèrent en effet, mais
ils ne se battirent qu'avec la plume.

CHAPITRE XIV.

De retour à Londres, Pickwick proposa à Benjamin et à Robert d'aller loger dans un autre hôtel que lui, afin d'avoir le temps d'annoncer leur visite à M. et madame Winkle; ils y consentirent sans peine, et il se rendit seul chez ses amis. Il entra au salon, Samuel s'arrêta à l'office où il trouva Marie.

« Savez-vous, monsieur Weller, » dit la jolie femme de chambre, « qu'il y a ici une lettre pressée pour vous, elle est arrivée depuis quatre jours.

— Où est-elle, adorable créature ?

— La voilà, c'est moi qui l'ai gardée pour qu'elle ne se perdît pas.»

Marie tira la lettre de son sein et la lui remit. Samuel y colla ses lèvres.

« Comme vous êtes passionné pour cet écrit, monsieur Samuel, savez-vous donc ce qu'il contient ?

— Il contient le parfum de vos charmes, belle Marie ! »

La femme de chambre rougit, baissa les yeux et s'assit sur le rebord d'une croisée ; Samuel s'assit auprès d'elle et je ne sais ce qu'il advint de ce rapprochement ; mais Marie ne put rentrer dans la chambre de sa maîtresse sans rajuster son bonnet et refaire ses papillotes.

« Lisez donc cette lettre, puisqu'elle est pressée, monsieur Weller.

— Mon cœur est encore plus pressé qu'elle (il rompit pourtant le cachet); oh! qu'est ceci ?

— Quoi donc ?

—Quels yeux vous avez, Marie !

— Ne parlez plus de mes yeux, il s'agit de votre lettre.

—La, la, je lis; c'est de mon père.

« Mon cher Samuel,

» C'est avec le cœur bouffi que j'ai le plaisir de vous apprendre une triste nouvelle.

» Votre belle-mère.., depuis quelque temps son char était mal graissé, aussi pour être restée trop longtemps assise sur l'herbe humide, ou pour avoir trop longtemps écouté le pasteur, elle a pris un froid dangereux. J'ai fait de mon mieux pour qu'elle pût se mettre sur pied et continuer sa route, mais il n'y a pas eu moyen; elle avait un mauvais guide, il l'a fait verser en bon chemin...

» Hier, mon cher fils, elle est arrivée au terme du voyage... Foi de cocher, j'aurais cru qu'elle y mettrait plus de temps ; mais qui peut répondre des ornières ?

    » Adieu, Samuel, je suis jusqu'à la mort
    » Votre père,   WELLER. »

    « P.-S. Si vous pouvez venir me voir, vous me ferez plaisir, et, comme il y a bien des choses à régler, j'espère que votre gouverneur ne vous refusera pas cette permission. Présentez-lui mes respects dans lesquels je suis son serviteur.

    » Ledit, Dorking, mercredi. »

    « Je suis bien fâché de ce que mon père m'apprend là, Marie.

    — Et moi aussi.

    — Il faut que je parte sur-le-champ.

    — Vous êtes toujours en route, monsieur Samuel.

    — Un fils de cocher, ça ne peut guère être

autrement; mais je ne serai pas absent longtemps, ainsi touchez-moi la main. »

Marie tendit sa jolie main , se laissa prendre un baiser et resta toute triste en voyant
sortir Samuel.

Pickwick accorda à son valet la permission
qu'il désirait, il partit. Suivons-le , lecteur ,
nous reviendrons avec lui ; quand ils n'instrui-
sent pas, les voyages amusent.

C'est vers les sept heures du soir que Samuel arriva à Dorking : il faisait froid, dans
les rues tout était triste et silencieux; on eût
dit la ville en deuil. Weller avait fermé les
volets de son auberge; on n'entendait aucun
bruit dans la maison, mais seulement au loin le
murmure des vents. Samuel entra avec pré-
caution et aperçut son père fumant sa pipe,
le coude appuyé sur une petite table ; il paraissait profondément affecté et portait un
crêpe à son chapeau, ce qui convainquit Sa-

muel que sa belle-mère avait été enterrée ce
jour-là (*).

« Père, » répéta plusieurs fois Samuel,
« père, réveillez-vous donc.

— Ah ! c'est vous, Sammy ? Soyez le bien-
venu, mon garçon ; je ne dormais pas, je pensais à elle.

— Je vous ai appelé, puis secoué comme
un panier à salade.

— C'est possible ; mais, voyez-vous, après
tout, c'était une assez bonne femme, et je suis
fâché de l'avoir perdue.

— Et vous devez en être fâché. »

Weller retomba dans sa rêverie, puis il
reprit :

« Les dernières réflexions qu'elle a faites
m'ont touché, Samuel.

— Quelles réflexions ?

— Weller, » m'a t-elle dit, « je commence à

(*) En Angleterre on garde les morts jusqu'au
moment où l'infection se fait sentir.

comprendre que je n'ai pas fait assez pour votre bonheur. Vous avez un excellent cœur, et j'aurais pu vous rendre cette maison plus agréable. Il est trop tard, mais je vois qu'une femme religieuse doit commencer à bien remplir ses devoirs d'épouse, et, si elle va à l'église, elle ne doit le faire que lorsque son ménage n'en souffre pas ; Dieu qui est partout reçoit avec joie les vœux qu'on lui adresse en remplissant un devoir de famille. J'ai perdu bien des jours que j'aurais pu vous donner, Weller ; j'ai gaspillé mon temps pour des gens qui ne le méritaient guère, pardonnez-le-moi, et, quand je ne serai plus, ne maudissez pas ma mémoire. Avant d'être sous leur influence je vous contentais, la paix régnait dans notre ménage ; ne vous rappelez que ce temps-là. »

« Ces paroles inattendues m'ont bouleversé, Samuel.

— Je le crois.

— Suzanne, que je lui ai dit, vous avez

été une bonne femme, ne parlez pas comme
cela, et songez à vivre pour me voir souffleter
Stiggin

— Qu'a-t-elle répondu?

— Elle a souri.

— Et puis?

— Elle est morte.

— Vous savez qu'il faut que nous y passions
tous?

— C'est vrai, Samuel; mais...

— Il y a une providence là dedans, on ne
fait pas banqueroute à Dieu.

— Il le faut bien, autrement que devien-
draient les entrepreneurs des pompes funè-
bres? »

Weller se mit à regarder le feu et parut réfléchir. Dans ce moment, une femme en deuil
entra, se plaça derrière sa chaise, toussa légèrement pour annoncer qu'elle était là, et se
mit à tousser plus fort, voyant qu'on ne prenait pas garde à elle.

« Que me voulez-vous encore? » dit Weller
en laissant tomber les pincettes.

« Prenez une tasse de thé, je vous en prie, mon cher monsieur.

— Laissez-moi tranquille, je n'en veux pas, et allez au di...

— Plait-il ?

— Allez à votre cuisine.

— Oh ! mon Dieu, comme le chagrin change un homme, je ne vous ai jamais vu d'aussi mauvaise humeur.

— Qu'est-ce que cela vous fait ? mon humeur est ma propriété.

— Cela fait que je ne voudrais pas vous voir tomber dans la mélancolie ; vous êtes trop seul, trop isolé à présent. N'est-ce pas ? monsieur Samuel ; un homme encore jeune...

— Tant mieux pour moi.

— Que tout le monde plaint.

— Le monde est bien bon.

— Et que je voudrais, moi, pouvoir consoler.

— Merci, femme sensible.

— Il n'y a pas de sort si triste dans la

vie qui ne puisse s'améliorer, c'est ce qu'on me disait pour me consoler quand je perdis mon mari ; le pauvre cher homme !

— Allez le pleurer, et que ça finisse.

— Mais ne prendrez-vous rien ?

— Non, non.

— Ne vous fâchez pas, ce que j'en dis, c'est par attachement pour vous.

— C'est possible. Samuel, ouvrez-lui la porte, et qu'elle sorte. »

La veuve ne se le fit pas répéter, et sortit en jetant sur Weller un regard foudroyant. Celui-ci se pencha sur sa chaise et s'essuya le front : il était couvert de sueur.

« Vous voyez, » dit-il, « Sammy, si je restais encore ici une semaine, cette femme m'épouserait malgré moi.

— Elle vous aime donc beaucoup ?

— A tel point que je ne peux m'en débarrasser.

— Mais ça n'est pas si affligeant.

— Laissez donc, il n'y a pas de position

plus triste que la mienne. Votre belle-mère
avait à peine rendu le dernier soupir, qu'une
femme m'envoie un pot de confiture ; une autre, une bouteille de vin vieux ; une troisième,
un bouillon ; et c'étaient toutes des veuves,
Samuel, excepté celle du bouillon.

— Vous voyez bien.

— Oui, une jeune fille de cinquante-quatre
ans, cela revient au même. Oh ! les veuves ! »

Et Weller, d'un coup de pique-feu, brisa
un gros charbon qui avait une forme ronde,
puis il reprit :

« Samuel, je ne me sens solide que sur
mon siége.

— Pourquoi là plus qu'ailleurs?

— Parce qu'un cocher est un être privilé-
gié, qui peut faire, sans conséquence, ce que
les autres hommes n'osent se permettre; parce
que, pendant toute une longue route, il peut
être très intime avec une femme sans qu'on
pense qu'il veut l'épouser.

— C'est un peu vrai.

— Si votre maître était cocher, croyez-vous que le jury l'eût condamné?

— Qui sait?...

— Il n'aurait pas osé.

— Pourquoi non?

— Parce qu'un cocher est placé entre le célibat et le mariage, comme intermédiaire.

— Voulez-vous dire que filles et femmes l'aiment également?

— Ça ou autre chose; mais il est tellement favorisé de la nature que, dans toutes les villes qu'il parcourt, un cœur s'attache à lui.

— C'est une grande faveur.

— C'est un dispensaire de la Providence.

— Vous voulez dire une dispensation?

— Soit, si vous l'aimez mieux; mais je l'appelle un *dispensaire*, parce que ça ne se paie pas; mais, pour revenir à mes idées, comme je ne veux pas me remarier, je me décide à conduire la voiture la *Sûreté* qui part de l'hôtel du Sauvage : j'ai un faible pour le sauvage.

— Et que deviendra cette auberge ?

— L'établissement se vendra à l'amiable, Samuel, et vous aurez 200 livres sur le produit.

— 200 livres pour moi ?

— Oui, votre belle-mère vous les donne par testament ; vous les placerez sur... comment nommez-vous ces choses qui sont toujours en mouvement dans la cité ?

— Les omnibus ?

— Non, non ; ces choses qui ont rapport à la dette publique, aux billets de banque et à tout cela.

— Les fonds ?

— Oui, les fonds. Eh bien ! Samuel, 200 livres seront placées là à 4 1/2 pour 100, sous votre nom.

— C'est bien bon à la belle-mère d'avoir pensé à moi, et je lui en suis bien reconnaissant.

— Gardez ça dans votre poche.

— Les 200 livres ?

— Non, la reconnaissance.

— Il est sûr qu'elle n'en profiterait pas, la pauvre femme.

— Le reste de l'héritage sera pour moi et, quand je quitterai la route, quand je serai cloué entre quatre planches, ça vous reviendra, Samuel; prenez garde de le mal employer, et surtout qu'une veuve ne s'empare pas des rènes de votre cœur.

— On a frappé.

— N'ouvrez pas.

— On frappe encore.

— Laissez frapper. »

Weller prit sa pipe et se mit à fumer.

« Mais entendez donc, père.

— Chut, c'est peut-être une des veuves...»

Voyant qu'on ne répondait pas, la personne qui frappait ouvrit doucement la porte, passa sa tête, puis un bras; puis tout le corps : c'était Stiggins. A sa vue, Weller laissa tomber sa pipe...

Le révérend s'avança sur la pointe des

pieds , et , levant les yeux au ciel, en signe d'affliction, il prit sa place accoutumée dans un grand fauteuil, près de la cheminée. Alors il tira de sa poche un mouchoir de couleur et se frotta les yeux pour les avoir rouges.

Pendant toute cette pantomime, Weller, les mains appuyées sur les genoux , regardait de l'air le plus étonné du monde, comme pour se demander quand cela finirait.

Durant quelques minutes, le pasteur continua ses pleurs et ses gémissements; mais, voyant qu'ils ne produisaient aucun effet, il remit son mouchoir en poche, prit les pincettes , attisa le feu et regarda Samuel.

« Ah ! mon jeune ami, » dit-il, « c'est une cruelle affliction. »

Samuel répondit par un signe de tête, Weller fit semblant de dormir, le pasteur reprit :

« C'est une cruelle affliction, même pour ce damné, cela fait saigner le cœur... »

Stiggins parla si bas que Samuel entendit

saigner le nez au lieu de *saigner le cœur.*

« Savez-vous, jeune homme, si elle a laissé quelque chose à Emmanuel?

— Qu'est-ce que cet Emmanuel?

— La chapelle, mon ami, la chapelle et son troupeau. »

Stiggins rapprocha sa chaise de celle de Samuel.

« Elle n'a rien laissé ni au troupeau, ni au pasteur, ni même au chien du pasteur.

— Rien pour moi, monsieur Samuel?

— Non, rien.

— Je pense qu'elle doit m'avoir réservé un petit souvenir.

— Pas seulement la valeur de votre vieux parapluie.

— Peut-être qu... qu'elle m'a recommandé à l'homme de perdition, monsieur Samuel.

— Je le crois, car il m'a parlé de vous.

— En vérité? Ce cher ami! il s'est sûrement amendé. Tenez, monsieur Samuel, nous pourrions vivre tous ensemble ici très *confor-*

tablement. Quand vous n'y seriez pas et qu'il s'absenterait, je veillerais à ses intérêts, et je vous promets que, s'il me confiait de l'argent, je le garderais bien.

—Si bien qu'il n'en entendrait plus parler?»

Stiggins soupira, Weller fit semblant de ronfler. Encouragé par ce bruit, le pasteur regarda autour de lui, pleura, sourit, pleura de nouveau, sourit encore et, s'étant levé doucement, il ouvrit une armoire qui lui était bien connue, prit un verre, y mit quatre morceaux de sucre, puis regarda de nouveau autour de lui. Rien ne bougea...

Après avoir poussé un gros soupir, il s'approcha du comptoir, se versa un demi-verre de rhum et, revenant vers la cheminée, il finit de le remplir avec de l'eau bouillante.

La liqueur goûtée et faite, Stiggins s'assit et but une forte gorgée.

Weller, qui faisait toujours semblant de dormir, ne souffla mot pendant ce temps; mais à peine Stiggins avait-il avalé la moitié de son grog, qu'il se leva, le prit au collet et l'entraîna jusque dans la cour ; là il lui plongea la tête dans l'abreuvoir, puis le renvoya en lui laissant des marques *visibles* et *frappantes* de sa haute estime.

« Vous avez été bien dur, père.

— Laissez donc, il faut qu'il se souvienne du dernier rhum qu'il a pris chez moi.

— Vous n'y alliez pas de main morte.

— Il n'a qu'à m'en venir une douzaine par jour de cette graine, je vous réponds de leur empêcher de prendre racine ici.

— Respectez la religion.

— Les Stiggins n'ont rien de commun avec elle, ni avec ses ministres ; mais je me suis essoufflé, venez me verser un verre d'eau de vie et donnez-moi le bras pour rentrer. »

CHAPITRE XV.

Vous n'avez pas oublié, lecteurs de l'un et l'autre sexe, qu'après son infructueux voyage à Birmingham, Pickwick revint triste comme un bonnet de nuit, à l'hôtel où l'attendait le jeune couple Winkle pour connaître le résultat de sa mission.

Arabelle, quand elle sut que son beau-père n'avait rien voulu entendre, laissa ses yeux

se fondre en eau ; mais, comme il faut que toutes choses passent, et que les pleurs ont la
réputation d'enlaidir la beauté, la jeune
femme finit par se calmer.

Pickwick la rassura sur les suites de cette
affaire et lui fit entrevoir que, si le père Winkle les privait d'argent, il en avait, lui, à
leur service.

Arabelle l'embrassa, le remercia et alla se
coucher, parce qu'il est une heure où tout le
monde se couche.

« C'est une triste chose pour ces jeunes gens
que l'entêtement de leur père,» se dit le lendemain Pickwick, « Il faut que j'aille chez
Perker, que je le consulte ; ces hommes de loi
ont toujours des moyens quand il n'y a plus
de ressources. »

Après s'être parlé ainsi, le savant déjeûna à
la hâte, et avant que dix heures eussent
sonné, il frappait à la porte de son avoué.

« Entrez,» dit une voix.

Pickwick entra.

« Peste! vous arrivez de bonne heure, monsieur Pickwick.

— Ah! c'est vous, cher Lowten?

— Prêt à vous servir; il fait chaud aujourd'hui, n'est-ce pas?

— Très chaud.

— J'étais en retard d'une demi-heure, j'ai couru et j'arrive à propos, comme le dimanche pour les paresseux.

— Bien dit.

— A propos *d'à-propos*, M. Perker a fini votre affaire.

— Celle des frais?

— Non, celle de Jingle, aux créanciers duquel vous avez payé moitié pour obtenir sa mise en liberté.

— Il est sorti?

— Oui, et son domestique aussi; ils partent pour Demerera.

— C'est à ma prière; mais Job reste?

— Non pas, il refuse les 18 pence (36 sous)

que M. Perker lui offrait par semaine; il veut
suivre son ami.

— Il a tort.

— C'est plus que de la bêtise; l'amitié est
un noble sentiment, et nous sommes excellents
amis les autres clercs et moi quand nous
buvons notre grog au Stump (lieu de réunion
des étudiants), chacun payant son écot; mais
abandonner une position, se nuire pour servir
un ami, c'est stupide. Pour moi, je ne connais
au monde que deux attachements : l'amour
de soi, n° 1; l'amour des femmes, n° 2.»

Les réflexions sentimentales de Lowten
furent interrompues par l'arrivée de Jingle
et Job, qui demandèrent M. Perker : dès
qu'ils aperçurent Pickwick, ils changèrent de
couleur.

L'avoué entra, et les voyant ainsi émus ou
intimidés, leur demanda s'ils ne reconnais-
saient pas M. Pickwick.

«Pardonnez-moi,» répondit Jingle, «j'ai de
bonnes raisons pour ça, et mon dévouement...

toute ma vie...; comment oublier..., c'est mon bienfaiteur...: il a fait de moi un homme; jamais il n'en aura de regret.»

Jingle avait coupé et saccadé toutes ses phrases, l'émotion ou la honte trahissait sa voix.

« Vous paraissez mieux portant, monsieur Jingle, » dit Pickwick.

« Oui, grâces à vous, monsieur; la prison de Sa Majesté est très malsaine; c'est un hôtel qui a beaucoup d'occupants, mais peu de partisans.

— Quand partez-vous?

— Ce soir. M. Perker m'a fait obtenir un emploi dans les colonies; il m'a avancé une somme qui me sera retenue par trimestre sur ce que je gagnerai, et qui a pourvu à mes besoins.

— Pourrais-je encore quelque chose pour vous, monsieur Jingle?

— Vous avez déjà donné plus de cinquante guinées, je vous remercie; j'espère que cet argent ne sera pas perdu, à moins que la fièvre jaune... On ne peut pas dire...

— Voici toujours une lettre de recommandation ; vous ne la refuserez pas, je pense ?

— Partez, messieurs, » ajouta Perker ; « et si vous ne vous conduisez pas noblement, si vous ne tirez pas parti de l'occasion qui vous est offerte, vous méritez la corde ; allez !..»

Ils s'inclinèrent et sortirent.

« C'est un digne couple, » reprit l'avoué.

« J'espère qu'ils deviendront honnêtes.

— C'est douteux.

. — Mon Dieu ! mon Dieu !

— Allons, ne vous désolez pas, il y a une chance, et puis votre action n'en est pas moins bonne, quel qu'en soit le résultat ; je laisse à de plus sages que moi le soin de décider si la vraie charité doit être tellement prudente qu'elle perde à s'éclairer le temps qu'elle pourrait employer à agir. Mais qui me procure le plaisir de vous voir ce matin ? »

Pickwick raconta dans les plus grands détails ce qui s'était passé entre lui et M. Winkle le père.

« Croyez-vous qu'il s'humanise? » demanda-t-il à Perker.

« Donnez-moi huit jours pour y penser. Vous auriez dû faire agir la jeune dame; elle a de la grace, de la gentillesse, et... »

Quelqu'un frappa.

« Entrez, » dit l'avoué.

Lowten entra.

« Qu'y a-t-il, Lowten?

— On vous demande.

— Qui?

— Les Dodson et Fogg.

— Je vais les recevoir. »

Lowten sortit.

« Vous m'excusez, mon cher Pickwick, c'est pour leurs frais. Je leur avais donné caution de votre mise en liberté, maintenant nous allons en finir.

— Laissez-moi aller leur dire que ce sont des gueux.

— Non pas.

— Des fripons.

— Pas mieux.

— Des escrocs.

— Vous êtes fou.

— Je veux le leur dire.

— J'y mets opposition.

— Ouvrez-moi cette porte.

— Vous voulez donc un autre procés?

— Je veux mille procés, pourvu que je leur dise ce qu'ils sont.

— Si vous ne vous calmez pas, je serai obligé de vous mettre sous clef.

— Je le leur crierai par la fenêtre.

— Ça n'a pas le sens commun.

— Je vous dis que je veux leur parler.

— C'est bien décidé?

— Bien décidé.

— Dans ce cas, venez dans cette pièce d'où l'on ne pourra ni vous voir ni vous entendre, et j'irai les chercher.

— A la bonne heure.

— Asseyez-vous, je ne serai pas long-temps. »

Perker sortit, tira la porte, la ferma à clef, et dit à Pickwick, par le trou de la serrure, qu'il était son prisonnier jusqu'au départ de Dodson et Fogg.

« Ouvrez-moi, » criait le savant, « c'est une trahison, un guet-apens, un abus de confiance. Perker, ouvrez, ou vous ne valez pas mieux qu'eux. »

Perker était déjà bien loin, et Pickwick frappait à coups redoublés en répétant ses injures; mais personne autre que les clercs ne pouvait l'entendre.

Il regarda par la fenêtre, elle donnait sur un jardin; il ouvrit toutes les portes, malheureusement ce n'étaient que des portes d'armoire. Après avoir bien crié, bien cherché, il prit le parti de s'asseoir; et s'étant calmé peu à peu, il finit par s'endormir...

Il rêvait qu'il boxait les Dodson et Fogg, lorsqu'un bruit de marteau de porte le réveilla en sursaut. Dans ce moment, Perker ouvrit pour lui rendre la liberté.

Le bruit recommença encore plus fort; l'avoué demanda :

« Qui frappe? »

Pas de réponse.

« Qui frappe donc? »

Même silence. On eût dit que le marteau allait au moyen d'une mécanique montée pour un certain nombre de coups.

« Lowten, allez ouvrir; tous les voisins se mettent aux fenêtres, c'est affreux d'être ainsi dérangé : voyez qui c'est. »

Le clerc descendit et vit à la porte un gros garçon, assez semblable, moins le mouvement des bras, à ces momies égyptiennes, qui dorment depuis des mille ans.

« Que voulez-vous, mon ami? qui demandez-vous? »

Silence prolongé.

« Pourquoi frappez-vous si longtemps et si fort? »

Même silence.

« Eh! oh ! eh! répondez donc ? »

Violemment secoué par les épaules , le jeune garçon fit un mouvement, se frotta les yeux, bâilla au nez de Lowten, regarda autour de lui d'un air hébété, et parut enfin s'apercevoir qu'il y avait là quelqu'un.

«Pourquoi frapper si fort ?» répéta Lowten.

« Pourquoi?

— Oui, on dirait une douzaine de facteurs très pressés.

— Mon maître m'a recommandé de frapper jusqu'à ce qu'on vînt ouvrir; il craint toujours que je ne m'endorme. »

Lowten ne put s'empêcher de rire à cette ingénuité.

« Quel message apportez-vous?

— Il est dans la voiture.

— Le message?

— Non, mon maître. »

Lowten s'avança et vit, en effet, une voi-

ture arrêtée à la porte et un gros monsieur
dans la voiture.

« Que veut votre maître ?

— Il a besoin de vous parler; lui dirai-je
que vous y êtes ?

— Oui, vous pouvez vous le permettre. »

Je pense, lecteur judicieux et sage, que
vous avez reconnu, comme moi, dans la voiture, M. Wardle, le propriétaire de la ferme de
Dingley-Dell; et à la porte, son valet Joe,
qui avait pour état l'état de somnolence! La
portière ayant été ouverte et le marchepied
baissé, Wardle monta dans le cabinet de son
homme de confiance Perker, chez lequel il
fut surpris de rencontrer son ami Pickwick.

«Eh! bonjour, mon vieil ami, » dit-il;
« croiriez-vous qu'il n'y a que deux jours que
j'ai appris que vous avez été mis en cage? Pourquoi lui avoir laissé faire cette bêtise, Perker?

— Je n'ai pu l'empêcher; vous ne savez
pas combien il est entêté.

— Je le sais très bien; mais je n'en suis pas

moins enchanté de le voir, et nous ne nous quitterons pas de si tôt. »

Wardle prit la main de Pickwick, puis celle de Perker, et les serra l'une après l'autre, peut-être même toutes deux à la fois; après quoi il se jeta dans un fauteuil pour rire tout à son aise.

« Il se passe de belles choses, » reprit-il; «sur ma parole, on n'a jamais rien rien vu de pareil, toutes les filles deviennent folles.

— Et c'est à Londres que vous venez pour nous apprendre cela? » demanda Perker.

« Je ne viens pas exprès.

— A la bonne heure; car, en fait de folie, nous en avons de tous les genres.

— C'est cependant un des motifs qui m'amènent. Comment se porte Arabelle, Pickwick?

— Très bien; elle sera charmée de vous voir.

— Étourdie petite fille! j'avais le projet de l'épouser un de ces jours; mais, après tout, je ne suis pas fâché de son mariage.

— Vous savez donc?...

— Eh! oui, je sais, gros dindon.

— Qui vous a appris?

— Mes filles; il y a deux jours qu'Arabelle leur a écrit qu'elle venait de se marier sans le consentement de son frère, et M. Winkle sans celui de son père; elle disait que vous étiez allé pour tâcher de tout arranger, mais que le père Winkle avait été intraitable. Je crus que le moment était favorable pour faire une petite morale de circonstance à mes filles. Je dis qu'il était affreux de se marier sans le consentement de ses parents, qu'on ne le pardonnait jamais, que...; enfin je dis beaucoup de choses, mais ce fut comme si j'eusse prêché à Joe qui dort toujours. »

Wardle s'arrêta pour rire, puis, quand il eut assez ri, il reprit :

« Ce n'est pas tout; depuis six mois, mon cher Pickwick, nous marchons sur des volcans : ils viennent de faire irruption.

— Que voulez-vous dire? j'espère qu'il n'y a pas d'autre mariage secret?

— Non, non, ça n'en est pas encore venu à cette extrémité.

— Mais, de grâce, qu'est-ce? y suis-je intéressé?

— Perker, dois-je lui répondre?

— Oui, si vous ne vous compromettez pas en le faisant.

— Je ne le pense pas.

— Répondez.

— Eh bien! oui, Pickwick, cela vous intéresse.

— Comment? parlez, comment?

— Vous êtes si bouillant, si impressionnable, que je n'ose pas, et je ne le ferai que si Perker consent à se mettre entre nous en cas de besoin. »

Wardle ferma soigneusement la porte, prit une prise de tabac, et dit :

« Le fait est que ma fille Belle, celle qui a épousé Trundle...

— Nous savons, après...

— Ne commencez pas à m'interdire.

— Allons donc.

— Eh bien! ma fille Belle ou Isabelle, comme vous voudrez, l'un et l'autre se disent en anglais.

— Mais vous ne commencerez jamais.

— M'y voilà. Ma fille Belle...

— Encore?

— Si vous m'interrompez toujours, il faut bien que je recommence. Ma fille Belle... »

Pickwick allait parler, il se retint.

« Ma fille Isabelle était restée près de moi; Émilie, qui avait un grand mal de tête, s'était couchée.

» Isabelle donc s'assit à mes côtés et commença à me parler de ce mariage.

— De quel mariage?

— Chut, de celui-là. « Qu'en pensez-vous?» me dit-elle; « j'espère que ce sera au mieux, qu'ils seront heureux. C'est tout à fait un mariage d'inclination.

— Cela ne prouve rien. » répondis-je.

« Mon cher Wardle, vous aviez tort, » interrompit Pickwick.

« Laissez-moi aller jusqu'au bout.

— Je vous demande pardon.

— Je vous l'accorde.

— Isabelle ou Belle, » reprit en rougissant : « Je suis fâchée, mon père, de vous entendre parler ainsi des mariages d'inclination.

— C'est vrai, j'ai tort, » répondis-je en lui donnant le plus petit soufflet amical qu'une main comme la mienne puisse donner ; « j'ai d'autant plus tort que mon mariage et le vôtre ont été faits par inclination.

— Mais cela n'excuse pas cette petite fille ni son enlévement.

— Il n'y a pas eu d'enlévement, je vous assure. De qui parlez-vous donc, Belle ?

— De ma sœur Émilie.

— Émilie ! qu'a-t-elle affaire avec un enlévement ? »

Pickwick tressaillit.

« Allons ! quelle mouche le pique ?

— Continuez, Wardle, je vous en prie.

— Chut, ne m'interrompez pas. Ma fille...
Isabelle ou Belle, l'un et l'autre se disent...

— Allez-vous recommencer?

— Au fait, je n'ai jamais su bien filer une
histoire; mais, comme il faut tôt ou tard arriver au dénouement, je vous dirai, sans péri-
phrases, que Belle réunit tout son courage
pour m'apprendre qu'Émilie avait un grand
chagrin, une profonde tristesse; que, depuis
les fêtes de Noël, une correspondance s'était
établie entre elle et M. Snodgrass; que d'a-
bord elle avait consenti à se sauver avec lui,
mais que la crainte de me faire de la peine l'a-
vait retenue, et qu'avant d'en arriver là elle
désirait savoir si je ne consentirais pas à son
mariage. Maintenant, mon cher Pickwick, s'il
vous est possible de ramener vos yeux à leur
grandeur naturelle et de donner un conseil,
vous me rendrez service. »

Pickwick, en effet, était à peindre, et ces mots
entrecoupés furent les seuls qu'il put prononcer:

« Snodgrass.... depuis Noël?....

—Oui, depuis Noël, et il faut que nous ayons été bien niais pour ne pas nous en être aperçus.

— Nous ! j'étais en prison.

—D'accord, il faut que je sois...; dispensez-moi de dire le reste.

— J'ai peine à comprendre.

— C'est pourtant simple.

— Ces amoureux nous feront devenir fous.

— Depuis quelques mois, je pressais Émilie d'accepter la main d'un jeune homme fort riche de notre voisinage ; mais inutile, et comme il n'entrait pas dans mes principes de la contraindre, j'y avais renoncé; aujourd'hui le refus s'explique. Je suis sûr que la petite sotte a dit cela à Snodgrass, et qu'ils sont arrivés à conclure qu'horriblement persécutés, il n'y avait plus pour eux que l'enlèvement ou le suicide. Maintenant reste à savoir ce que nous devons faire.

— Quand Isabelle vous a parlé, qu'avez-vous répondu?

— Je me suis conduit d'une manière ridicule, j'ai pris de l'humeur et me suis échauffé au point que ma pauvre mère s'est trouvée mal.

— Et vous?

— Je ne me trouvais guère mieux.

— Tout changea au moins le lendemain?

— Au contraire, je fumai, grondai jusqu'au moment où, lassé de tourmenter tout le monde, je pris le parti de venir à Londres.

— La pauvre Émilie doit être bien triste?

— Je n'ai pas voulu la perdre de vue, elle m'a suivi.

— Elle est ici?

— Oui, à l'hôtel, à moins que Snodgrass ne l'ait enlevée.

— Vous êtes d'une inconséquence!...

— Laissez-moi donc tranquille, elle ne songe à rien, et la preuve, c'est que je l'ai laissée occupée à écrire.

— A qui?

— A qui, à qui, je n'en sais rien, je ne mets pas le nez dans les affaires de mes filles.

— Vous désirez avoir mon avis? » dit Perker.

« Oui. »

L'avoué puisa plusieurs fois dans sa tabatière, puis il reprit :

« Eh bien! messieurs Pickwick et Wardle, Wardle et Pickwick, mon avis est que vous feriez bien de vous en aller, à pied ou en voiture, comme vous voudrez; vous causerez de tout cela ensemble, et si vous n'avez rien décidé la première fois que nous nous reverrons, si Émilie n'est pas enlevée, je vous dirai ce que je pense de cette affaire.

— Voilà qui ne signifie rien, mon cher.

— Allons donc, je vous sais tous deux par cœur, et le mariage est déjà pour vous une chose arrêtée. »

Ici Perker donna un grand coup de sa tabatière dans la poitrine de M. Wardle, puis dans celle de Pickwick, et tous trois se mirent à rire à l'unisson. Wardle tendit la main à son avoué et lui dit :

« Vous dinez aujourd'hui à l'hôtel avec nous, j'ai invité les Winkle.

— Je ne vous promets pas, mais je tâcherai toujours d'aller vous rejoindre dans la soirée.

— Nous dinons à cinq heures. Joseph, ouvrez la portière.

— Où allons-nous, monsieur?

— A l'hôtel de M. Pickwick. »

Joe monta derrière la voiture, dans un siége fait de manière à ce qu'il ne pût pas tomber étant endormi. Les deux amis descendirent à la porte de l'hôtel, et M. Wardle dit à Joseph de rentrer avec la voiture, et d'annoncer à sa fille qu'il viendrait diner à cinq heures avec M. Pickwick. Le domestique obéit, et s'endormit si bien qu'il ronflait encore sur son siége tandis que les chevaux étaient dans l'écurie. Tout à coup il se réveilla, et s'étant rappelé qu'il avait une commission à faire, il quitta sa place.

On ne sait trop ce qui avait dérangé les

idées de Joe; mais le fait est qu'il oublia tout à fait son service, et entra dans le salon sans frapper à la porte.

Vous me direz, il n'y a pas de mal à ouvrir une porte quand la clef est dans la serrure; en attendant, Snodgrass et Émilie, qui se trouvaient assis très intimement sur le canapé, ne furent nullement de votre avis; il n'est pas gracieux d'être dérangé dans un tête-à-tête, et notez bien que c'était la seconde indiscrétion de cette nature que commettait Joseph; il doit vous en souvenir comme à moi. Bref, quand il entra, Snodgrass avait le bras passé autour de la taille d'Émilie, et tous deux ressautèrent comme si un boulet leur eût écrasé le pied.

Arabelle, qui était venue avec Marie voir son amie et qui était contre la fenêtre, se retourna en entendant ouvrir la porte. Joseph, surpris de tant surprendre, resta pétrifié et regarda Marie comme pour lui demander secours; mais plus prompt que l'éclair, ou aussi prompt que l'éclair, Snodgrass se leva, et le prenant au collet, lui dit :

« Misérable, que venez-vous faire ici?

— Monsieur...

— Parlez...

— Mon maître m'envoie dire à miss Émilie qu'il rentrera à cinq heures pour dîner avec M. Pickwick.

— Sortez à l'instant, ou je vais...

— Oui, monsieur.

— Non, non, » s'écria Émilie, « attendez, Joseph. »

La jeune fille se rapprocha d'Arabelle; Snodgrass et Marie se joignirent à elles, et le résultat de ce colloque à voix basse fut heureux pour le malencontreux Joseph.

« Mon garçon, » lui dit Arabelle en le regardant avec bonté, comment vous portez vous?

— Je...

— Vous êtes un fidèle serviteur, « ajouta Émilie; je sais que vous m'êtes attaché et je ne vous oublierai pas.

—Mon ami, » dit à son tour Snodgrass, « tout à l'heure j'ai été beaucoup trop vite, je ne vous avais pas reconnu, et je vous prie de prendre ces cinq schellings pour boire à ma santé.

— Je vous en donnerai autant, » ajouta madame Winkle; « ce sera en souvenir de vos anciens services. »

Joseph, qui d'abord n'avait rien compris à ce changement de conduite, commença à se rassurer, voyant qu'on ne se moquait pas de lui, et, en laissant tomber l'argent dans sa poche, il fit un gros rire, le seul qu'on eût encore entendu de lui.

« Il nous comprend, » dit Arabelle; « Joseph, mon ami, vous ferez bien d'aller dîner, accompagnez-le, Marie. »

Il sortit, Marie sortit avec lui, et les amants avaient tant de chose à se confier, qu'ils fermèrent la porte pour ne plus être dérangés.

« Je dinerai avec vous, monsieur Joseph, » dit Marie.

« J'en suis bien aise. Voulez-vous un
morceau de pâté ?

— Un petit morceau. »

Il lui en donna peu et en prit beaucoup
pour lui.

« Vous avez bon appétit, monsieur Joseph ?

— Assez. »

Et le gros garçon laissa tomber son couteau
et sa fourchette, puis il reprit :

« Que vous êtes jolie, mademoiselle Marie !

— Que voulez-vous dire ? »

Il soupira, et se mit à manger.

« N'est-ce pas, Joseph, que miss Émilie
est une charmante personne ? »

Il avala son morceau de pâté, puis répondit :

« J'en connais une qui me plaît davantage.

— Son nom ?

— Le vôtre. »

Joseph loucha, persuadé qu'il faisait les
yeux doux...

« Joseph, il ne faut pas me parler ainsi, je sais que vous n'êtes pas sincère.

— Si Marie, si, si.

— Bien, bien.

— Viendrez-vous tous les jours à l'hôtel ?

— Pourquoi me demandez-vous cela ?

— Parce que nous serions bien heureux à l'heure du dîner.

— Si vous vouliez me rendre un service, je pourrais peut-être venir quelquefois. »

Joseph regarda le pâté, puis le bœuf, pensant qu'un service ne pouvait tenir qu'à ce qui se mange. Il sortit ensuite son argent, le compta et garda le silence.

« Ne me comprenez-vous pas, Joseph ?

— Non.

— Ces dames désirent que vous ne disiez pas que vous avez vu un monsieur dans le salon, et je le désire aussi.

— Est-ce tout ?

— Oui, tout. Miss Émilie et M. Snodgrass s'aiment; si votre maître le savait, il les séparerait, et vous emmènerait si loin, si loin, que peut-être vous ne me reverriez jamais.

— Et peut-être je ne mangerais jamais de pâté?

— Je le crains.

— Je vous promets de ne rien dire.

— Vous êtes un bon garçon; adieu, Joseph.

— Vous vous en allez ?

— Il faut bien que j'aide ma maîtresse à s'habiller pour le dîner.

— Encore un petit moment.

— Cinq heures vont sonner, au revoir.»

Joseph étendit les bras et les renferma à vide, Marie était déjà bien loin. Pour se consoler de son absence, il mangea un gros morceau de bœuf, puis s'endormit profondément.

CHAPITRE XVI.

Il était quatre heures et demie, et Snodgrass n'avait pas encore quitté le salon; enfin il prit congé de ces dames qui passèrent dans leur cabinet de toilette, pour être présentables à l'heure du diner.

Vous savez, lecteurs, que Snodgrass avait le malheur de se croire un peu poète, ce n'est ni

ma faute ni la vôtre; toujours est-il qu'il descen-
dait tout triste, tout rêveur, tout préoccupé,
lorsqu'il entendit parler au bas de l'escalier. Il
regarda par dessus la balustrade, et vit monter Wardle, suivi de Pickwick. Aucune issue
que la porte du salon ne s'offrait à lui, il y
rentra; mais n'y trouvant plus ces dames et
ne pouvant rester là, il passa dans une chambre dont la porte se trouvait ouverte; bientôt
il entendit Wardle, Pickwick et plusieurs
autres personnes dans le salon, et s'estima
bien heureux d'avoir eu la présence d'esprit
de les éviter. Une autre porte qui donnait sur
l'escalier se trouvait au fond de la pièce dans
laquelle il s'était blotti; mais le malheur voulut que la clef ne fût pas dans la serrure, ce
qui rendit son évasion impossible.

Il est triste, même avec beaucoup d'a-
mour, d'être enfermé tandis que nos amis
dînent, et Snodgrass le poète, se sentant tour-
menté par les besoins matériels des plus sim-

ples mortels, regrettait de ne pouvoir faire
avertir Émilie qu'il était là.

Wardle, qui ne savait pas le loup dans la
bergerie, dit au garçon d'apporter du meilleur
vin et d'avertir ces dames.

Elles ne se firent pas attendre longtemps ;
la porte s'ouvrit, elles entrèrent.

« Vous voilà, mon cher Benjamin, » dit
Arabelle en apercevant son frère qu'elle n'a-
vait pas encore vu depuis son mariage.

« Bonjour, Arabelle, je suis heureux de...

— Comme vous sentez le tabac.

— C'est possible. »

Cela pouvait être possible en effet, car il
venait de quitter une douzaine d'étudiants
qui tous avaient brûlé plusieurs cigares dans
une petite pièce qui infectait et dont l'atmos-
phère était suffocante.

« Pourquoi fumez-vous tant, mon cher
frère ?

— Est-ce que je sens réellement beaucoup ?

— Impossible de vous approcher.

— Il faut cependant que je vous embrasse.

— Tâchez de ne pas me froisser. »

Cette réconciliation, le porter et les cigares avaient attendri tellement le cœur de Benjamin, qu'il en pleura sur ses lunettes. Les ayant essuyées, il fit observer que sa vue devenait meilleure.

« Rien pour moi? » dit Wardle en voyant Arabelle embrasser son frère.

« Vous? vous êtes un cruel, un barbare, je dirais presqu'un monstre.

— Ta, ta, ta, parce que je ne veux pas me laisser mener?

— Mauvais cœur.

— Petite insubordonnée, je serai obligé de vous défendre ma porte. Les personnes qui, comme vous, se marient en dépit de tout le monde, doivent être bannies de la société.... Ah! ah! ah!

— Oui, oui, riez bien, méchant père.

— Pour vous punir de toutes vos sottises, je vous place à table, à mes côtés. »

Wardle baisa Arabelle au front, et lui prit le bras pour la faire asseoir ; puis se tournant vers Joseph, qui venait d'entrer :

« Le diable m'emporte, » dit-il, « ce garçon est réveillé ! »

Il était, en effet, très réveillé, et il y avait dans toute sa personne une activité surnaturelle. Chaque fois que ses yeux rencontraient ceux d'Émilie ou d'Arabelle, il leur faisait une grimace en signe d'intelligence. Elles étaient sur les épines. Ce manége dura autant que le dîner et ne cessa que lorsque Pickwick attira sur lui l'attention par une saillie heureuse.

« Joe, » dit Wardle pour changer la conversation, « donnez-moi ma tabatière que j'ai laissée sur le canapé.

—Elle n'y est pas, monsieur.

— Allez voir dans ma chambre ; je crois l'y avoir oubliée ce matin. »

Le gros garçon sortit et revint au bout de quelques minutes, la figure toute bouleversée.

« Qu'avez-vous, Joe ?

—Rien, monsieur.

— Avez-vous bu ou vu des esprits ?

— Ni l'un ni l'autre.

— Vous êtes ivre ; ce que vous avez fait au commencement du dîner le prouve.

—Je vous assure, monsieur, que je n'ai pas bu. »

Non, vraiment il n'avait pas bu, mais il avait vu Snodgrass et lui avait promis de prévenir adroitement un de ses amis.

Il réfléchit pendant quelques minutes au moyen à prendre pour arriver à son but et se mit à faire des grimaces à Pickwick, qui ne le comprit pas le moins du monde.

Il courut à la cuisine pour parler à Marie, elle était sortie après avoir habillé sa maîtresse ; il revint au salon plus agité que jamais.

« Joseph ! » lui dit son maître.

« Plaît-il, monsieur ?

—Pourquoi êtes-vous sorti ? d'où venez-vous ?

— Je ne sais pas, monsieur.

— Imbécille ! portez le fromage à M. Pick-wick. »

Le savant était vivement engagé dans une conversation avec Emilie et Winkle, et gesti-culait pour donner plus de force à ses argu-ments.

Il prit cependant un morceau de fromage et allait continuer sa conversation, quand Joseph lui fit une horrible grimace en lui montrant la chambre dans laquelle Snodgrass était en-fermé.

« Oh ! » dit Pickwick, « quelle gri.. »

Il n'acheva pas sa phrase et regarda Joseph qui faisait semblant de dormir.

« Qu'est-ce ? » demanda Wardle.

« Votre garçon a d'étranges manies. Vous serez étonné de ce que je vais vous dire, mais je crains pour son cerveau. »

On rit, on plaisanta, Pickwick jeta un cri.

« Qu'avez-vous, mon ami ?

— Mon Dieu, je vous demande pardon, mesdames; mais Joe vient de m'enfoncer une épingle dans le mollet, il est dangereux.

— Il est ivre, je vais le faire emmener.

— Monsieur, monsieur, je ne suis pas ivre.

— Alors vous êtes fou.

— Hélas! je ne suis que sensible.

— Pourquoi avez-vous enfoncé une épingle dans la jambe de mon ami?

— Parce que je voulais lui parler et qu'il ne faisait pas attention à moi.

— Et que vouliez-vous lui dire? »

Joseph soupira, regarda la porte de la chambre à coucher, essuya deux larmes avec le revers de sa manche et soupira encore.

« Voyons; que vouliez-vous dire à M. Pickwick, parlez?

— Chut, Wardle; laissez-moi l'interroger : « Joseph, mon garçon, vous désiriez me parler?

—Oui, monsieur, vous souffler seulement un mot à l'oreille.

—Vous vouliez lui mordre l'oreille? ne l'approchez pas, il est enragé; sonnez, je le ferai conduire à l'hôpital. »

Winkle venait de se saisir du cordon de la sonnette; au même instant, une porte s'ouvrit, un cri de surprise se fit entendre, Snodgrass venait de paraître.

Rouge de honte, le pickwiste salua la compagnie et ouvrit la bouche pour prendre la parole; Wardle l'en empêcha :

« Qu'est ceci? » dit-il.

« Depuis que vous êtes entrés, j'étais caché dans cette chambre.

— Émilie, qu'entends-je? vous m'avez trompé?

—Monsieur, veuillez croire...

—Les amants disent toujours, veuillez croire; je ne crois rien du tout; comment se justifiera-t-elle? Je déteste les intrigues,

Emilie le sait, et je ne mérite pas qu'elle se con-
duise ainsi envers moi. »

Snodgrass s'excusa de son mieux, Émilie
se jeta dans les bras de s n père, Arabelle le
cajola, il parut s'attendrir...

« Monsieur, » dit le jeune poète avec
chaleur, « maintenant que ce premier mouvement de trouble est passé, je suis heureux
et fier d'avouer ici, devant tous, que j'aime
Émilie, que mes soins ont su toucher son
cœur, et que ma seule ambition est d'en faire
ma femme. M. Wardle sait qui je suis, j'espère qu'il m'accordera sa fille; mais dût
l'Océan nous séparer, dussent des montagnes
d'airain se placer entre notre amour, jamais
rien ne pourra nous désunir, et les derniers
battements de ce cœur seront pour elle,
comme mon dernier soupir.

Wardle essuya une larme, Snodgrass se
dirigea lentement vers la porte.

« Arrêtez, » lui cria le sensible père; « que
diable voulez-vous dire par ce discours?

—Si chaleureux, » lui souffla Pickwick.

« Soit ; que vouliez-vous dire par ce discours chaleureux? Pourquoi faire tant de mystères? ne pouviez-vous pas parler plus tôt?

— Je craignais...

—Belle raison, pour m'enlever ma fille !

— Vous savez que je n'ai pas.....

— Vous n'avez pas pu, voilà le fait.

— Allons, allons, » dit Arabelle ; « à quoi servent les reproches. M. Wardle est un avare, nous le savons tous ici, il voulait marier sa fille pour lui.

— Vous mentez ma mie, je n'ai jamais eu cette pensée.

—Eh bien! alors, si on n'a pas parlé plus tôt, c'est votre faute. Pourquoi êtes-vous si brusque que tout le monde a peur de vous, excepté moi?

— Madame Winkle...

— Touchez la main à ce pauvre garçon, et faites-lui servir à diner; vous voyez bien qu'il a faim. »

Wardle tira l'oreille d'Arabelle, l'embrassa
sans cérémonie, ainsi qu'Émilie, et toucha la
main à Snodgrass, qui prit place à table,
après avoir embrassé Pickwick. On apporta
du vin de choix, Perker vint augmenter le
nombre des joyeux convives, et la soirée se
passa ainsi qu'il suit : Wardle fut gai , Pickwick suave, Benjamin bruyant, Winkle
bavard, les amants silencieux ; au total,
chacun content de soi et des autres.

CHAPITRE XVII.

« Samuel, » dit Weller à son fils le lendemain des funérailles, « je l'ai trouvé.

— Trouvé, quoi !

— Le testament en vertu duquel on doit
faire les arrangements dont je vous ai parlé.

— Ne saviez-vous donc pas où il était?

— Non; dans les derniers moments de Suzanne, je cherchais à lui donner du courage

et je n'ai pas pensé au testament; d'ailleurs je
ne lui en aurais pas parlé. C'est si immoral
d'aller demander son bien à un malade.

— Vous avez raison, père; mais voyons ce
testament. »

Weller tira de sa poche un portefeuille
crasseux et y prit un papier écrit en caractères
si fins qu'il était difficile d'y rien comprendre.

« Voici le document; je l'ai trouvé sur un
rayon dans une petite théière noire, votre belle-
mère y tenait ses billets de banque. Avant
son mariage, je lui en ai souvent vu prendre
pour payer des comptes. Pauvre femme, elle
aurait pu sans danger remplir toutes les théières
de testaments; car, dans ces derniers temps,
elle ne prenait plus de thé, excepté aux as-
semblées de la Société de tempérance; là on
sait que c'est un devoir et l'on boit pour commencer à se bien disposer l'esprit.

— Que dit ce testament?

— Ce que vous savez: « 200 livres de mon
bien à mon beau-fils Samuel et le reste à mon

mari Tony Weller, mon seul exécuteur testamentaire.

Signé Suzanne Weller.

— Est-ce tout ?

— Oui, tout, et comme cela ne concerne
que vous et moi, que nous sommes contents
et d'accord, je peux jeter au feu ce chiffon de
papier.

— Que faites-vous ? vieux lunatique, « dit
Samuel à son père, en lui arrachant le testament au moment où il allait le brûler ; « vous
êtes un fameux exécuteur testamentaire.

— Que voulez-vous dire?

— Qu'il faut que cet acte soit reconnu et en-
registré, qu'il y a beaucoup de formalités à
remplir.

— Vraiment?

— Oui, vraiment.

— Alors, c'est une affaire qu'il faut mettre
entre les mains de M. Pell, il entend très bien
les cas difficiles, et s'il faut prouver l'alibi...

— Vous êtes fou.

—En route, Samuel ; puis nous ferons passer cela à la Cour des insolvables.

— Je n'ai vu de ma vie une cervelle comme la vôtre ; vous ne parlez que d'alibi ou de Cour des insolvables ; au lieu de rester là à bavarder sur des choses auxquelles vous n'entendez rien, vous feriez bien mieux de mettre votre habit et de vous préparer à partir pour la ville afin de régler cette affaire.

—Je suis tout disposé à faire ce qui pourra l'expédier ; mais rappelez-vous que je ne veux pas d'autre conseiller que Pell.

— Qui vous parle de cela ? Venez seulement.

—Sammy, quand vous aurez l'âge de votre père, mon garçon, vous ne mettrez pas aussi facilement votre habit que vous le faites à présent.

— Si je devais jamais avoir autant de peine que vous, je n'en porterais point.

— C'est votre opinion pour le moment, mais vous changerez en vieillissant. La sagesse est toujours la compagne de la corpulence. »

En débitant cette maxime, résultat de bien des années d'expérience, Weller vint à bout d'entrer son habit à force de contorsions, et ayant brossé son chapeau avec sa manche, il déclara qu'il était prêt.

« Comme quatre têtes valent mieux que deux, Sammy, et que cette fortune serait une bonne prise pour un homme de loi, nous aurons pour conseillers deux de mes amis qui sont de bons connaisseurs en chevaux.

—Seront-ils bons connaisseurs d'hommes?

— Celui qui juge bien un animal peut juger un homme, mon garçon.

— C'est possible. »

Arrivés à Londres, Samuel et son père, après avoir réclamé l'assistance des deux amis, se rendirent chez M. Pell, qui commença par leur demander cinq guinées à l'avance, et déclara que, s'ils n'étaient pas venus à lui, ils n'auraient pas réussi à réaliser cet héritage;

que c'était une affaire difficile et embrouillée ;
qu'il fallait son expérience pour en venir à
bout, etc., etc. Il y eut au moins vingt *et cæ-
ter i*, et, comme conséquence obligée, des jours
d'attente. Weller s'ennuyait à l'hôtel ; pour
tuer le temps, il paya du punch à ses amis
les juges en chevaux, et à quelques autres
personnes dont la principale occupation était
de ne rien faire.

Or, il vous souvient peut-être, lecteurs,
de Tom Smart et de son mariage ; il vous souvient peut-être aussi du voyageur qui conta
son histoire et de l'oncle de qui il la tenait.
Par une singulière coïncidence, l'un des fameux juges en chevaux que Weller appela à
son aide se trouvait être ce même conteur,
et vous verrez comme quoi, après avoir dit
l'histoire de Smart, il dit aussi l'histoire de
son oncle : cet homme était un peu bavard ;
il aimait beaucoup les histoires, voici la seconde qu'il raconta.

HISTOIRE DE MON ONCLE.

« Je n'ai jamais vu, messieurs, d'homme plus gai que mon oncle, l'ami intime de Tom Smart, de la fameuse maison Bilson et Slunk de Londres. Je voudrais, non, je ne voudrais pas que vous l'eussiez connu ; car, d'après l'ordre naturel des existences, vous seriez tous morts ou âgés, ce qui me priverait du plaisir de votre société. Une chose qui m'est permise , c'est de regretter que vos pères n'aient pas connu mon oncle, je suis sûr qu'ils auraient eu pour lui une vive tendresse, vos respectables mères surtout.

» Parmi les rares qualités qui le distinguaient, on en remarquait surtout deux : son talent pour faire le punch et son art d'égayer une société. Pardonnez-moi de m'étendre autant en éloges sur le compte d'un mort; mais les hommes de mérite sont rares , et l'on revient avec plaisir à leur souvenir; je continue.

» J'ai toujours regardé comme un titre de gloire pour mon oncle qu'il eût été l'ami de Tom Smart, de la grande maison Bilson et Slunk. Pendant longtemps, ils suivirent la même route et, dès le premier jour de leur liaison, ils parièrent un chapeau neuf à qui ferait le meilleur punch et à qui le boirait le mieux. Mon oncle gagna pour le boire, Tom Smart gagna pour le faire, et chacun but un second bol de punch à la santé de son nouvel ami; depuis ce temps, ils furent inséparables.

» Mon oncle, messieurs, était plus petit, plus gros et plus coloré que le commun des hommes, c'était quelque chose dans le genre de polichinel, avec un nez et un menton supérieurs à ceux de ce haut personnage ; sa physionomie était toujours joviale et enjouée, et son rire avait quelque chose de si franc, de si communicatif, qu'on se sentait tout naturellement porté à l'imiter.

» Mon oncle aimait beaucoup les noix confites, messieurs ; il affirmait qu'elles faisaient

trouver la bière meilleure. Peut-être avait-il
raison. Toutes les années, au commencement
de l'automne, lorsque les feuilles jaunissent
et tombent ridées, il partait pour aller faire
ses recouvrements ou prendre des commissions. Il allait de Londres à Edimbourg d'E-
dimbourg à Glascow, de Glascow à Londres,
puis revenait à Edimbourg. Ce second voyage
était ordinairement pour son plaisir; il passait
là une semaine avec ses amis, déjeûnait chez
celui-ci, dinait chez celui-là, soupait chez
un troisième, et trouvait toujours que le temps
passait trop vite.

» Y a-t-il un de vous qui ait jamais pris un
véritable déjeûner écossais, et, après ce déjeûner copieux, un second déjeûner, consistant
en une bourriche d'huitres, une douzaine de
bouteilles d'ale, et pour liqueur de l'étrier,
du wisky (boisson fermentée d'Écosse)? Si
cela vous est arrivé, messieurs, vous convien-
drez qu'il faut avoir la tête bien organisée
pour pouvoir aller encore diner en ville en

sortant d'un de ces repas. Tout cela cependant
n'était pour mon oncle qu'un simple badinage;
il pouvait tenir tête aux habitants de Dundee,
et même faire mieux qu'eux, quoique ce
soient les plus forts buveurs connus.

» Un soir, il était à Édimbourg et devait en
partir le lendemain pour retourner à Londres. Le bailli, qui lui avait voué une amitié
sincère, l'engagea à souper : c'était un joyeux
viveur que ce bailli. Mon oncle s'attendit
donc à passer gaiment la soirée. Il y avait là
trois Écossais bien gais, bien dispos. Le repas
fut splendide et animé; les filles du bailli
étaient remplies de graces, sa femme de bonté,
son fils de dispositions joviales; tout se trouvait être pour le mieux.

» On but longtemps, on but beaucoup, et
lorsque la tête de mon oncle fut la seule visi-
ble au dessus de la table, il se proclama président, but deux ou trois fois à sa santé et
sortit en enfonçant son chapeau sur sa tête
pour empêcher le vent de l'emporter.

» La nuit était sombre , mon oncle mit les mains dans ses poches et regarda le ciel : il marchait dans le sens des nuages, et vit avec peine qu'ils allaient plus vite que lui. La lune avait l'air de jouer à cache-cache ; tantôt glissant sous un ciel noir, tantôt se montrant dans tout l'éclat de sa douce lumière.

« Oh ! oh ! » dit mon oncle, « voilà qui prélude mal à mon départ; » et il continua sa marche.

» Il lui restait encore plus d'un mille pour se rendre à son hôtel, il pressa le pas. Les rues d'Édimbourg sont flanquées de gigantesques masures dont les fenêtres creusent en dedans comme les yeux d'un vieillard ; six , sept et même huit étages se superposent les uns aux autres comme les châteaux de cartes que font les enfants. Cette nuit-là, de loin en loin, quelques rares lumières passaient aux fenêtres comme un feu follet dans le ciel, et les maisons, j tant leurs longues ombres sur les rues, donnaient à la ville un aspect de deuil. Mon oncle regardait tout cela avec indifférence et tenait les mains dans ses poches, chantant à gorge déployée quelque joyeux refrain bachique. Sa voix, répétée d'écho en écho, réveillait en sursaut les gens paisibles qui, se tournant dans leur lit avec un battement de cœur, disaient : C'est un ivrogne qui *passe*.

» J'appuie sur la manière dont mon oncle marchait, messieurs, parce que, comme il le disait souvent avec raison, il n'y aurait rien d'extraordinaire dans son histoire si vous ne compreniez d'abord qu'il n'était ni romanesque ni poltron.

» Il marchait donc les mains dans les poches, chantant et sifflant tour à tour. Il arriva bientôt au pont du Nord qui sépare la nouvelle ville de l'ancienne, et s'arrêta un moment pour regarder derrière lui. Les lumières qui brillaient au loin semblaient des étoiles dans le ciel, ou les illuminations fantastiques de châteaux aériens. Holyrood, devenu célèbre par de royales infortunes, se montrait avec son antique chapelle ; mon oncle soupira et passa. Peu à peu il reprit sa gaité et le milieu de la route , menaçant de l'œil les farfadets que lui créait son imagination avinée.

» Il avait à traverser, pour arriver chez lui, un terrain abandonné et inculte dont une partie, fermée par une clôture en planches , servait de remise à de vieilles malles-postes tombant en ruines. Mon oncle avait toujours aimé beaucoup les voitures; aussi regarda-t-il celles-ci à travers les planches , et sa curiosité ne pouvant être satisfaite, il monta sur des poutres et arriva jusqu'à la hauteur de la palissade; il s'appuya sur des roues entassées et regarda autour de lui. Il pouvait y avoir là une douzaine de vieilles voitures; mais, comme mon oncle était très scrupuleux et qu'il ne les avait pas comptées, il n'a rien affirmé à cet égard.

» Le vin conduit à la philosophie, messieurs; et mon illustre parent, la tête appuyée sur ses deux mains, se prit à penser au passé de ces voitures et au sort des voyageurs qu'elles avaient contenus. Que de lettres diverses arrivées dans le même paquet et dans la même journée? A celui-ci la nouvelle d'une faillite, à celui-là une succession; lettres d'amour, lettres d'affaires, ces voitures avaient tout porté, et maintenant elles n'étaient plus que le squelette de leur ancienne splendeur.

»Comme mon oncle pensait à toutes ces choses, deux heures sonnèrent; or je dois confesser que, comme il ne pensait pas vite, il me paraît plus naturel de croire qu'il rêvait.

»Il entendit donc sonner deux heures et tressaillit; l'horloge sonna de nouveau, alors un spectacle étrange se passa sous ses yeux; les vieilles voitures reprirent leur éclat, et dans cette enceinte si paisible il y avait maintenant un mouvement extraordinaire. Les chevaux étaient attelés, les lanternes allumées; et l'on entendait de tous côtés la voix des postillons appelant les voyageurs; les commissionnaires apportaient des paquets, les con-

ducteurs fermaient les malles aux lettres, c'é-
tait à qui partirait le premier ; et il partait
tant de monde, que mon oncle eut envie de
faire comme les autres. Il vit une portière ouverte, un marchepied baissé : il entra dans
cette voiture.

« Attendez, Jacques-Martin, » lui dit le
conducteur, ne refermez pas la portière, il y
a encore trois personnes à faire monter.

— Comment savez-vous mon nom ? » demanda mon oncle.

« Je l'ai sur ma feuille.

— Ma place est-elle payée ?

— Oui. »

» Mon oncle ouvrait de grands yeux, et il les
ouvrait si grands, messieurs, qu'il s'étonna
d'avoir jamais pu les refermer.

» Il était à sa place depuis cinq minutes,
lorsqu'il vit approcher deux messieurs qui
avaient l'air d'entraîner plutôt que d'accom-
pagner une dame en costume moyen-âge.
Mon oncle remarqua qu'elle était fort jolie ;

cria Pickwick; « Samuel, arrêtez votre père.»

Samuel obéit et le ramena.

« Mon ami, mon cher monsieur Weller, votre confiance me touche, mais j'ai plus d'argent que je n'en dépenserai ma vie durant, et je vous prie de reprendre le vôtre.

— Monsieur, personne ne sait combien il peut dépenser avant d'en avoir fait l'essai.

— C'est possible; mais je ne veux pas faire une expérience à vos dépens ; ainsi reprenez cela.

— C'est bon, monsieur; mais rappelez-vous que je ferai quelque coup désespéré avec cet argent en poche. Adieu, Samuel, vous ne verrez plus votre père...

—Voyons, voyons, monsieur Weller, soyez raisonnable.

—Non, monsieur.

— Eh bien! je garderai votre argent ; tout bien calculé, j'en ferai meilleur emploi que vous.

— Il n'y a pas le moindre doute.

—C'est une affaire convenue, n'en parlons plus ; mais asseyez-vous, j'ai besoin de vous consulter, monsieur Weller.»

La sensation de bonheur qui parcourut les membres de Weller, quand Pickwick enferma le portefeuille, se changea en sentiment d'orgueil ; le savant prononça le mot *consulter*. Le cocher releva la tête d'un air digne et attendit.

« Samuel, » reprit Pickwick, «laissez-nous un moment, j'ai besoin de parler à votre père. »

Samuel sortit.

« Vous n'êtes pas partisan du mariage, monsieur Weller? »

Il répondit par un signe de tête ; la pensée que quelque veuve avait réussi à captiver le cœur du savant lui galopa l'imagination et lui ôta l'usage de la parole. Pickwick continua :

«En entrant, avez-vous vu en bas une jeune fille?

— Oui, je l'ai vue.

— Qu'en pensez-vous? comment la trouvez-vous ?

— Je n'en pense rien du tout; mais je la trouve grasse et fraiche.

— Ses manières ?

— Elles m'ont paru bonnes.

— Je lui porte un grand intérêt.

— Heu ! heu !

— La toux vous reprend?

— Non, monsieur, je vous écoute.

— Je désire contribuer au bonheur de cette fille, vous comprenez...

— Oui, oui. »

Il ne comprenait rien du tout.

« Elle aime votre fils.

— Elle aime Samuel Weller?

— Oui, Samuel.

— Au fait.., c'est juste, c'est naturel, même tr..ès naturel, mais c'est tr...ès alarmant; mon fils doit user de beaucoup de prudence; qu'il se garde bien de lui rien dire qui ressemble à une promesse de mariage, on n'est jamais en sûreté avec les femmes dans notre pays; quand une fois elles prennent envie de vous avoir, on ne peut plus leur échapper, et au moment où l'on y pense le moins, elles vous épousent; c'est comme cela que j'ai été marié la première fois, Samuel est le fruit de cette manœuvre...

— Vous ne me donnez pas grand courage, il faut cependant que je finisse. Non seulement cette jeune personne aime Samuel, mais Samuel l'aime.

— Voilà une jolie nouvelle à donner à un père.

— Je les ai souvent observés ensemble, et je suis sûr de ce que j'avance.

— Heu !

— Supposons que j'eusse l'intention de les établir convenablement; qu'en penseriez-vous, monsieur Weller? »

Le cocher reçut fort mal cette proposition de mariage; mais Pickwick le raisonna et usa envers lui d'un argument irrésistible, en l'assurant que Marie n'était pas veuve. Peu à peu

— 293 —

il se calma et finit par dire qu'il ne pouvait pas s'opposer au désir d'un homme qui avait toute sa confiance. Pickwick, l'ayant pris au mot, rappela Samuel.

« Mon ami, » dit-il, « votre père et moi nous venons de nous occuper de vous.

— Oui, de vous, Samuel, » ajouta Weller d'un air protecteur.

« Vous avez pour Marie plus que de l'amitié, je l'ai vu.

— Vous entendez, fils, plus que de l'amitié.

— Y a-t-il du mal à remarquer une jeune fille qui a de beaux yeux ?

— Pas le moindre.

— Certainement, » répéta Weller avec douceur.

« Loin de vous blâmer, Samuel, je désire vous aider à réaliser vos vœux ; c'est pour cela que j'ai voulu consulter votre père ; et comme il est de mon avis...

— Attendu que la dame n'est pas veuve.»

—Oui, attendu que la dame n'est pas veuve, pour vous prouver mon affection, je désire vous voir marier. Je serai heureux et fier de me charger seul du soin de votre avenir, Samuel.»

Il y eut un moment de silence, Samuel prit enfin la parole :

« Monsieur, » dit-il, « je vous remercie ; ce que vous voulez est impossible.

—Comment?

— Que deviendriez-vous sans moi, et que deviendrais-je sans vous?

— La nouvelle position de mes amis changera ma manière de vivre; je me fais vieux, je ne voyagerai plus.

—Qu'en savez-vous, monsieur? Vous avez le cœur et l'activité d'un jeune homme, il est probable que vous reprendrez vos travaux; non, non, je ne peux vous quitter...

— Bien, je suis content de vous, mon fils.

—**Samuel,** je ne changerai pas d'avis, mes voyages sont finis...

— Eh bien ! vous avez besoin d'avoir auprès de vous quelqu'un qui vous égaie quand vous êtes triste, qui vous serve quand vous êtes malade. S'il vous faut un domestique plus élégant, prenez-le, pourvu qu'il soit bon; mais gagé ou non gagé, nourri ou non nourri, logé ou non logé, Samuel Weller, que vous avez pris dans la vieille auberge du Borough, s'est collé à vous pour la vie. »

Samuel n'avait pas fini de parler, que son père, oubliant toute convenance, prit son chapeau et l'agita en l'air trois ou quatre fois en proférant un cri de joie.

« Mon bon garçon, » dit Pickwick, dès qu'il put parler, « il faut prendre en considération la jeune fille.

— Je le fais, monsieur, elle connaît ma position, elle attendra; mais, si elle manquait de parole, elle ne serait pas ce que je la crois, et je l'aurais bientôt oubliée. Vous devez savoir,

monsieur , que rien ne peut changer mes réso-
lutions ; ainsi ne parlons plus de cela.»

Pickwick n'eut pas de réponse à ce discours,
il était plus fier de l'attachement de son valet
qu'il ne l'eût jamais été des plus grands hom-
mages ; aussi fut-il convenu que Samuel reste-
rait avec lui, ce qui contenta tout le monde ,
excepté Marie.

CHAPITRE XIX.

Tandis que Pickwick s'entretenait avec
Samuel et Weller dans son cabinet, un petit
monsieur entra dans l'hôtel, et demanda
M. Nathaniel Winkle.

« Il est sorti, » répondit l'hôtesse.

« Et madame?

— Elle est chez elle.

— Veuillez placer ce porte-manteau dans une chambre que je retiens, et me faire conduire chez madame Winkle. »

Un domestique accompagna l'étranger.

« C'est bien, » dit-il, « ne m'annoncez pas ; » et glissant cinq schellings dans la main de son conducteur, le vieux monsieur frappa doucement à la porte.

« Entrez, » répondit Arabelle.

« Hum! elle a une douce voix. »

Il ouvrit et entra.

« Est-ce à madame Winkle que j'ai l'honneur de parler ?

— Elle-même, monsieur ; puis-je savoir ?

— Si vous voulez le permettre, madame, je prendrai un siége.

— Pardonnez-moi.

— Je vous étonne, je le vois, c'est le propre des gens de mon âge de causer d'abord de la surprise. »

Arabelle regardait le vieillard et se sentait saisie d'une si vive émotion, que deux ou trois fois elle fut tentée de tirer le cordon de la sonnette, elle n'en fit rien cependant.

Sans témoigner ni le moindre trouble, ni la moindre gêne, l'étranger mit la main dans sa poche, en tira une paire de lunettes, les essuya, les mit et regarda Arabelle avec une indiscrète attention ; puis il reprit :

« Vous ne me connaissez pas, madame ?

— Je n'ai pas cet honneur, monsieur.

— Je suis l'ami intime de M. Winkle père, un autre lui-même, je ne l'ai jamais quitté.

— Seriez-vous messager d'une bonne nouvelle, ou M. Winkle veut-il me faire repentir d'avoir aimé son fils ?

— Winkle le père n'est pas inexorable, et je puis vous assurer que ce n'est pas vous qu'il veut punir ; mais ses droits sont sacrés et son autorité a été méconnue.

— Qu'il n'en accuse que moi.

— Imprudente enfant ; quel danger ne courriez-vous pas si votre mari eût manqué d'honneur ? Je sais que vous aviez la loi pour vous; mais qu'est-ce qu'un mariage contracté par arrêt du tribunal? et, s'il n'a pas lieu, quelle indemnité peut racheter jamais l'honneur d'une femme? Sans écouter d'autre voix que celle de sa passion, Nathaniel vous a épousée, oubliant qu'un jour il exigerait de ses fils l'obéissance qu'il n'a pas eue pour son père.

— L'amour, monsieur...

— L'amour qui conduit à l'oubli des devoirs est une folie; l'amour qui entraîne dans l'abime un être aimé est de l'égoïsme; un fils peut désobéir à son père, mais le père peut punir son fils, et alors que deviendra-t-il? que deviendra sa jeune compagne?

— Ah! vous me faites trembler...

— M. Winkle, vous n'en doutez pas, a été blessé dans sa tendresse, dans sa dignité de père...

— Est-il donc inaccessible au pardon?

— Je pense le contraire; mais un malheur bien grand attend son fils.

— Il se pourrait ? sa santé ?...

— Est bonne, sa fortune seule vient de recevoir un échec.

— Sa fortune ! n'est-ce que cela ?

— Pour lui, c'est beaucoup; pour vous, c'est plus encore...

— Nous sommes jeunes, nous saurons nous imposer des privations ; d'ailleurs il nous reste des amis, des ressources. Monsieur, dites-le-lui pour moi, pour mon mari, nous serons heureux de l'aider, et si les plus tendres soins peuvent racheter une faute, j'espère qu'il me pardonnera...

— Il fait plus, il vous aime et vous ouvre ses bras.

— Quoi, vous seriez ?...

— Un père qui n'a rien perdu, mais qui voulait vous éprouver.

— Votre fortune ?

— Est doublée; vous êtes mon second trésor !

— Mon père !

— Où est Nathaniel, que je l'embrasse?

— Vous allez le voir; quel beau jour pour lui !

— Dites pour moi; car, s'il est prompt à s'irriter, un cœur de père est encore plus prompt à revenir.

— J'entends Nathaniel. »

Arabelle ouvrit la porte, et prenant son mari par la main, elle lui dit en le conduisant à son père :

« Mon ami, il pardonne. »

Une scène d'attendrissement comme on en voit peu dans le monde, et beaucoup dans les livres, eut alors lieu entre les Winkle père, fils et femme.

Pickwick survint, on lui fit part de ce qui venait de se passer, et il toucha la main avec chaleur au père de son disciple, qui s'excusa de l'avoir si mal reçu à Birmingham.

Les affaires de chacun étant arrangées, Pickwick s'occupa des siennes, et, pendant près de huit jours, il ne parut guère qu'à l'heure du dîner. Ses amis remarquèrent même qu'il avait un air mystérieux qui contrastait avec sa manière d'être ; il leur était donc comme prouvé qu'il se passait quelque chose d'extraordinaire. Le savant pensait-il à se marier ? les uns disaient oui, les autres disaient non, et supposaient un prochain départ. On questionna Marie, Marie questionna Samuel, et Samuel dit qu'il n'était pas question de voyage. Pour savoir la vérité, on décida d'interpeller Pickwick lui-même, et l'on prit pour cela l'heure du dîner.

C'était à l'hôtel de M. Wardle ; après avoir fait servir le vin de dessert, celui-ci s'adressa à Pickwick :

« Mon ami, » lui dit-il, « depuis quelque temps vous semblez nous éviter, et nous désirons savoir ce que nous avons fait pour mériter votre indifférence.

— Vous prévenez mes vœux, j'avais résolu de vous expliquer aujourd'hui le mystère de mes longues absences, et si vous voulez remplir mon verre, je satisferai votre curiosité. »

Le vin circula à la ronde, Pickwick regarda ses amis avec cet air de bonté qui lui était habituel, puis il commença ainsi :

« Les événements font la vie, il ne dépend pas de nous d'arrêter leur marche, vous le savez... Le mariage de Winkle, celui très prochain de Snodgrass imposent à ces deux amis le devoir de renoncer aux voyages. Mes disciples sont mes fils d'adoption, je leur dois mes conseils et comme eux je dis adieu à la vie aventureuse, non pour me marier, mais pour me mettre en tiers dans leur bonheur. J'ai loué à Dulwich, dans les environs de Londres, une maison qui me plaît et que j'ai meublée convenablement, peut-être même avec luxe; je l'habiterai avec Samuel, j'espère y passer quelques heureuses années; et quand je mourrai, mes amis recevront là mon dernier soupir.»

Pickwick s'arrêta, un long chuchotement fit le tour de la table, il reprit :

« La maison que j'ai louée est dans un site
délicieux, un grand jardin s'y trouve attenant, et chacun de vous peut la regarder
comme sienne. D'après le conseil de Perker,
je me suis procuré une femme de charge et
d'autres domestiques dont j'ai besoin. Je désire célébrer ma prise de possession par une
cérémonie que nous attendons tous ; si
Wardle y consent, le repas de noces d'Émilie
et de Snodgrass aura lieu chez moi. Commencer ma nouvelle vie par le bonheur de
deux amis, n'est-ce pas assurer le mien ? »

Nouveau silence; les larmes coulèrent, le
savant continua :

« Pendant notre longue absence, le club
que j'ai fondé a été troublé par des discus-
sions orageuses qui ont motivé sa dissolution.
Nous sommes maintenant libres et maîtres de
l'emploi de notre temps, le club des pickwistes
n'existe plus... Les travaux que nous avons
accomplis, nos longs et pénibles voyages, les
recherches auxquelles nous nous sommes

livrés; en un mot, tous les sacrifices que nous avons faits pour l'intérêt du club ne seront point perdus pour la science. J'ai communiqué mes notes au secrétaire, je sais que son intention est de les rendre publiques. Je méditerai dans la retraite, j'y résumerai mon passé laborieux, et si je trouve que mes écrits puissent être utiles à la société, je les publierai pour elle.

« J'ai fait peu de bien, je crois avoir fait encore moins de mal, mes aventures seront un agréable souvenir pour mes vieilles années; je ne désire plus qu'une chose, mes amis, votre bonheur pour complément du mien. »

Pickwick prononça ces derniers mots avec émotion, puis il prit son verre, le leva, et tous, suivant son exemple, burent avec enthousiasme à sa santé.

Il restait peu de formalités à remplir pour le mariage projeté. Snodgrass, ayant perdu ses parents très jeune, avait été constamment sous la tutelle de Pickwick qui traita la ques-

tion d'intérêt d'une manière satisfaisante avec
le vieux Wardle. Émilie obtint une bonne dot,
et, toutes choses réglées, on décida que le
mariage serait célébré dans quatre jours. La
hâte des préparatifs fit perdre la tête à un tailleur et à trois couturières : de quoi ne sont
capables les amants?

Cette détermination prise, Wardle monta
en chaise de poste pour aller chercher sa mère
et prévenir quelques amies d'Émilie. Tout
cela fut fait avec la promptitude que nous con-
naissons à l'intrépide propriétaire de Dengley-
Dell.

La grand'maman ordonna d'emballer avec
soin sa robe de brocart; à cette occasion,
elle raconta une longue histoire qui dura trois
heures.

Wardle écrivit à Trundle et à sa femme;
cette dernière étant malade, on fit venir le
docteur pour savoir si elle devait ou non aller
à la noce : c'était un homme de sens que ce
docteur, un homme sentant ce qui convenait

à ses malades et surtout à lui-même ; il déclara donc que madame Trundle devait faire ce qui lui convenait le mieux. Comme on le pense, Isabelle voulut partir, et le docteur envoya six bouteilles de madère qu'elle devait boire en route par ordonnance. La famille Wardle arriva à Londres la veille de la cérémonie, ainsi que deux pauvres parents qui avaient assisté au mariage d'Isabelle, et qui firent la route soit à pied, soit en montant derrière les voitures, soit peut-être en se portant tour à tour.

Pickwick les reçut comme s'ils eussent eu laquais et voitures : il n'y avait pour lui ni riches ni pauvres.

Tous les gens de la maison montrèrent, le jour du mariage, une incroyable activité ; Samuel s'agitait et se trouvait partout, comme les feuilles gratis ; Marie brillait de toute la grace de la jeunesse et peut-être aussi de son amour pour Samuel : un cœur bien pris anime la physionomie.

Snodgrass, qui depuis quelques jours était installé chez son ami et maître, partit avec lui pour aller chercher sa fiancée. Benjamin, Robert, Tupman et Samuel, en grande livrée, furent du voyage. On se rendit à l'église ; la cérémonie eut lieu, puis on revint chez M. Pickwick où l'on trouva Perker. La gaîté brillait dans tous les yeux ; aussi on déjeûna en se livrant au flux de paroles que ces réunions inspirent : il y eut des baisers pris par ci, des mains serrées par là, et des folies dites partout.

Après le déjeûner, on procéda à l'examen des localités, et Pickwick, servant de cicerone, n'épargna à personne ni les sourires, ni les explications. Wardle voulut voir la cave, les pauvres parents s'arrêtèrent à la cuisine ; les jeunes gens demandèrent le salon pour danser au son du piano, les nouveaux mariés se perdirent dans le jardin pour se dire ce qu'ils n'avaient encore osé se dire...

Pickwick, heureux du bonheur de ses hôtes, touchait dix fois la main à la même personne sans s'apercevoir de sa distraction. Je le laisserai jouir de son ivresse : les heures de bonheur paient les ennuis de la vie...

Il y a des auteurs qui, semblables à certains animaux, voient mieux dans l'obscurité qu'au grand jour, et se plaisent à broyer du noir pour en jeter partout. Ce n'est pas mon système, lecteurs; j'écris pour m'amuser, et je m'amuse en écrivant. C'est pourquoi je finis mon livre au moment où mon héros n'a autour de lui que des figures riantes ou rieuses.

J'ai rempli ma tâche, et, la tête en bonnet de nuit, je vais me coucher; faites-en autant, je vous la souhaite bonne...

CONCLUSION.

C'est le sort commun à tous les hommes de se former des amitiés que le temps vient briser, c'est le sort commun à tous les auteurs de se créer des héros imaginaires pour les conduire à travers mainte et mainte aventure jusqu'au dénouement, quel qu'il soit, dût-il ne rien être du tout. Le lecteur veut connaître jusqu'au dernier jour la vie d'un personnage mis en scène ; il lui faut une solution à tout, une explication à ce qui est inexplicable.

Pour me conformer à cette loi, je dirai que Pickwick habita sa jolie maison de Dulwich, où il continua ses travaux scientifiques qui furent envoyés à l'ex-secrétaire de l'ex-club.

Samuel fit toujours ses observations et son service avec le même aplomb, la même fidélité, et finit par épouser Marie qui devint femme de charge de la maison sans devenir une femme à charge.

— 312 —

Winkle occupa avec Arabelle une jolie propriété à un mille de Dulwich.

Snodgrass devint fermier à Dengley-Dell; il
conserva toujours sa réputation de grand
poëte et, pour ne pas la perdre, ne fit jamais
rien imprimer. Que de gens se sont, comme
lui, immortalisés par leur silence!...

Tupman, le sensible des sensibles, se fixa
à Richemont. Il oublia Rachel; mais il ne
perdit rien de son amour pour les dames, et se
fit l'assidu courtisan de toutes les vieilles filles
des environs : c'était un homme fort occupé.

Robert Sawyer, après avoir dépensé le produit de son officine, se mit scribe dans un
bureau de journal jusqu'au moment où il
partit avec son ami Benjamin pour le Bengale.
Tous deux occupèrent là un emploi de mé-
decin et, après avoir eu quatorze fois la fièvre jaune, ils se décidèrent à être plus sobres.
L'expérience éclaire le sage.

La veuve Bardell, rentrée dans son appartement, loua à bien des garçons sans jamais

exiger d'eux aucun dommage : la leçon lui avait profité...

Dodson et Fogg volèrent, volent et voleront jusqu'à leur mort. A défaut de savoir, ils ont le savoir-faire.

Le père Weller conduisit, pendant un an, la voiture la *Sûreté*, puis il vécut des rentes que Pickwick lui avait augmentées, sans rien perdre de son aversion pour les veuves.

J'allais oublier de dire que Pickwick fut mis en réquisition pour servir de parrain aux enfants Trundle, Snodgrass et Winkle, ce qui le vexa et le contraria d'abord ; mais on s'accoutume à tout, et le savant finit par regarder ces naissances comme un impôt qu'il paya de bonne grâce.

Jingle et Job se corrigèrent, mais ne revinrent plus.

Perker prit toujours du tabac et donna des conseils.

Pott et l'*In dépendant* continuèrent leur polémique et se déchirèrent sans se faire de mal.

Enfin les habitants de Dulwich regardèrent Pickwick comme leur père; les vieillards
le saluaient avec respect, les jeunes gens le
consultaient, les petits enfants le caressaient,
tout le monde l'aimait. Chaque année, le savant se rendait avec son fidèle Samuel à la réunion de Dengley-Dell. Rien ne pourra rompre
l'affection du valet pour le maître ou du maître
pour le valet, la mort seule les séparera; il
faut bien que tout finisse, même ce livre.

FIN DU SECOND ET DERNIER VOLUME.